on demand
5

Ramona Corrado

Tela di ragno

e altri racconti

Ramona Corrado
Tela di ragno
On demand. 5

Copyright © Meligrana Editore, 2015
Copyright © Ramona Corrado, 2015

Meligrana Editore
Via della Vittoria, 14
89861 Tropea (VV) – Italy
Tel. (+ 39) 0963 600007 – (+ 39) 338 6157041
www.meligranaeditore.com
info@meligranaeditore.com

I edizione (Amazon): novembre 2015
ISBN: 9788868151690

TELA DI RAGNO

L'ho visto stasera, per la prima volta. È stato quasi uno shock.

Ho trascorso l'intera giornata a lustrare, aspirare, spolverare, disinfettare, presa da quella forzata smania di pulizia che talvolta mi manda in paranoia. Ho lucidato lampadari, fregato piastrelle, incerato mobili... Questo è un appartamento di lusso, un attico in pieno centro cittadino. Centro commerciale, intendo, non quello storico, dove almeno la polvere sui bei manufatti d'epoca potrebbe essere considerata simbolo d'antichità. No, la mia è una residenza moderna, luminosa, adeguata alla famiglia bene di un noto professionista di grido. Mio marito. Quadri senza significato sono appesi alle pareti, costosi e di autori contemporanei, per lo più emergenti o poco conosciuti. Sui mobili fanno bella mostra di sé oggetti di modernariato, pochi soprammobili lineari scelti dal mio consorte. Design essenziale anche per il salotto dai divani di pelle bianca e il tappeto di lana grossa dai colori tenui e un po' new age. E il letto nella camera matrimoniale è senza testiere, centrale rispetto alla stanza, rotondo e basso; i comodini sono solo piccole protuberanze tondeggianti in prossimità dei cuscini. Piuttosto spartane anche le camerette dei bambini, ma per fortuna ci pensano loro a ridurle a misura d'infanzia con un più naturale e sano, sia pure esagerato, disordine. Questa, in poche parole, è la mia casa, il mio regno. Ed è mio dovere tenerla al meglio. Oggi, come dicevo, dopo essermi dedicata completamente a tale compito, ritenevo di aver raggiunto un risultato molto più che accettabile: rasentante la perfezione. Per questo ciò che ho visto stasera è stato un pugno nell'occhio. Peggio, la prova vivente della mia mancanza.

Un ragno.

Un ragno è riuscito chissà come a sfuggire al mio potentissimo mostro aspirante di ultima generazione, di quelli con filtro, profumo e vapore incorporato, attrezzato contro ogni tipo di acari ed allergeni. Non solo, ma l'insetto ha scelto per dimora un posto impensabile: il mio bagno. Non certo il grande bagno beige, con le greche intarsiate di fili dorati, la Jacuzzi e la filodiffusione. No, ha scelto il mio bagno, quello di servizio, quello che mi ero riservata, che di norma uso io sola e di cui ho scelto personalmente piastrelle e accessori. Bianco e rosso l'ho voluto, insistendo con l'arredatore che, disgustato, lo riteneva pacchiano e fuori moda. Non mi ero lasciata fuorviare, almeno quella volta. Avevo un disperato bisogno di un po' di colore tra la candida e deprimente monocromia del resto dell'appartamento. Visto che quello sarebbe stato il "mio" bagno, l'avevo avuta vinta. Non mi era importato di metterci molte cose dentro, oltre all'indispensabile ma semplice water: giusto un bel box capiente per la doccia, senza tanti optional, un mobiletto privo di pretese per riporvi qualche cosmetico e uno specchio piccolo, che non potesse riflettere la figura intera. Non volevo essere costretta a guardarmi.

E adesso c'è un invasore. È lassù, a destra, nell'angolo del soffitto sopra il box doccia. Già nuda, predisposta mentalmente a godere il meritato benessere che solo un sensuale getto d'acqua calda può regalare dopo una giornata così intensa, rimango ora a fissare l'intruso, impotente. Posso giurare che oggi non era lì. Non so come abbia fatto a sfuggirmi. Né riesco ad immaginare da dove possa essere arrivato e come faccia ad esistere nella mia casa quasi del tutto asettica. Me lo chiedo per un'eternità di secondi, o forse minuti, paralizzata dalla vergogna, ma poi decido che a questo punto non m'importa più che tanto. Sono stanca, sfinita, ho la schiena a pezzi ed è molto tardi. È quasi mezzanotte. I sogni che mi accompagnano in questo momento in cui ho ancora per poco gli occhi aperti, sono, nell'ordine: un rivolo d'acqua bollente e corroborante sulla pelle, la morbidezza del docciaschiuma, un massaggio dorsolombare (questo sì destinato a restare allo stadio di utopia!), e infine il mio lettone basso e rotondo, che, meno male, è anche comodo.

Entro nel box, fingendo indifferenza. Va bene, amico, per oggi sei salvo. Ti conviene restare dove sei, il conto lo salderai domani.

Lui si sbilancia, appeso a non più di dieci centimetri di ragnatela, disegna qualcosa nell'aria, poi, muto, risale.

L'ho dimenticato. Può sembrare incredibile, ma è la verità.

La giornata anche oggi è stata piuttosto piena. Chi ha detto che le casalinghe hanno a disposizione tanto tempo libero? Come sempre anche stamani sveglia alle sei. Colazione per tutta la tribù: caffè, caffelatte o tè; a scelta biscotti, Nutella o marmellata e le merendine che non mancano mai nelle pubblicità della famiglia felice. Claudio poi ci tiene a gustare un pezzo di torta fatta in casa, che, se possibile, non deve mai mancare. Ovvio che lo splendore di questa perfetta cucina, mirabile connubio di legno (poco), plastica e acciaio, è andato a farsi benedire. Ci penserò più tardi. Ora devo combattere quasi un'ora per rendere presentabili Mattia e Serena, i miei due monelli di otto e sei anni. Dire che sono vivaci è riduttivo: in realtà sono delle piccole, adorabili pesti. Claudio non prende mai parte alla battaglia. Mi stampa un bacio sulla guancia, sempre più distratto, come se leccasse un francobollo, e poi via, schizza fuori di casa, preso da mille impegni. Mio marito è un cardiologo di discreta fama che annovera tra i suoi pazienti molte delle personalità cittadine più in vista. Il suo studio di libero professionista, quello sì, è nel centro storico, abbastanza distante da qui. Manco a dirlo è arredato con autentici pezzi d'antiquariato, un po' lugubri, ma di giusto effetto. Il look adeguato a richiamare clientela importante ed esigente, facoltosa e di buon gusto.

Tocca a me dunque portare i bambini a scuola. Ci

sarebbe uno scuolabus che passa qui vicino, ma Claudio è contrario. Dice che un cuore di mamma non può abbandonare così facilmente la prole a degli sconosciuti. E allora via, di corsa alla scuola. Poi al supermercato, per la spesa. Un salto a trovare mia madre; da quando è rimasta vedova, dieci anni fa, non sa cosa vuol dire uscire tra la gente, salvo situazioni d'estrema ed accertata emergenza. Infine di nuovo a casa, di corsa, a preparare il pranzo, che non deve mai comprendere meno di tre portate. Il più salutari possibile, s'intende: un cardiologo non può ingrassare a dismisura, anche se adora mangiare. Non sarebbe un buon esempio per i suoi pazienti.

Il pomeriggio è dedicato ai compiti di scuola. Se almeno avessi conseguito un diploma di maestra, anziché quello d'infermiera, ora mi tornerebbe più che utile. Provo un po' di rimpianto sapendo che il mio sudato pezzo di carta resta ad ammuffire in un cassetto. Dura meno di un attimo, quindi accantono anche il rimpianto.

Con tutto questo da fare, così strutturato, si può capire che oggi non è giornata da dedicare alle faccende domestiche. Dopo tutto non sono una casalinga così perfetta. Non so amministrare il mio tempo a tal punto da riuscire a sbrigare sempre ogni cosa. Ma sono consapevole che ieri ho esagerato nella pulizia, quindi ignoro i sensi di colpa e non prendo in mano neanche una scopa. Ecco perché non ho più pensato al ragno. Fino a che non me lo ritrovo davanti, stesso posto, stessa ora.

È tardi, proprio come ieri. Evidentemente le giornate non finiscono al calar del buio, ma poco prima che inizi una nuova alba. Ho spedito tutti a dormire da un bel po'. Anche Claudio mi ha preceduta sbadigliando. Proprio non si reggeva in piedi, ha detto, dopo aver trascorso un'estenuante giornata in studio. Io ho finito ora di stirare e, come ieri, sono in balia delle mie massime aspirazioni: la doccia calda e il lettone morbido.

Di nuovo, lui è là. Appeso al suo filo invisibile, calato fin dentro il box.

Mi sta guardando.

Mi sta aspettando.

Non so perché, mi sento a disagio. Mi chiedo se davvero non ho mai alzato gli occhi, oggi, tutte le volte che sono entrata in bagno: non mi è capitato di vederlo. Eppure è lì, piccolo sì, ma non troppo. Mi prendo il tempo e il gusto di osservarlo. Ha il corpo massiccio, scuro, e otto zampe proporzionate e robuste. Un combattente. Sei zampine sono uguali fra loro, disposte a raggiera, le altre due sono più piccole, ai lati del capo.

Ho un brivido. Il riscaldamento è programmato per spegnersi alla mezzanotte in punto, devo sbrigarmi se non voglio ammalarmi. Entro nel box, decisa, e il ragno se ne va. O meglio, si tira su, ma rimane nel suo angolo al di sopra delle piastrelle bianche e rosse, in attesa, come un pugile nel ring attende il gong d'inizio. Sono stanca. Acqua, schiuma, letto, sonno... Non temere piccolo, rilassati, anche per oggi il match è rinviato.

Il copione di oggi non è diverso da quello di ieri. Più o meno nello stesso ordine compio le stesse azioni, giro le stesse scene, con qualche piccola variante, tipo due lavatrici da fare e il bucato da stendere. La mia vita è uno stupido film dallo stupido titolo: la giornata di Teresa. Un film che viene proiettato trecentosessantacinque giorni all'anno, ma che quando lo si è visto una volta fa passare la voglia di assistere alle repliche. E del resto a chi può interessare come s'inseguono le mie giornate?

Sono entrata diverse volte nel bagno, mi sono sempre ricordata del mio ospite. Ho alzato gli occhi, l'ho cercato, ma lui non c'era, ne sono sicura. E meno male.

La sera giunge il sacrosanto momento della doccia. Un rituale che nessuno mi può togliere e che preferisco fare a tarda ora, con calma, piuttosto che la mattina di corsa. Una volta anche Claudio divideva con me questo piacere. Detestava il rosso vivace delle piastrelle, ma non lo dava a vedere. Noi due eravamo più importanti dell'arredamento.

Entravamo nel mio box insieme, ci spalmavamo a vicenda la schiuma e ridevamo tanto quando, in un tentativo di abbraccio, sgusciavamo via come saponette. Era un gioco, un preludio a quell'amore tenerissimo che oggi abbiamo dimenticato. I bambini, il lavoro, la stanchezza... Lasciamo perdere.

Entro da sola, come succede da troppo tempo, nel box, languida, vogliosa di tepore e morbidezza. Per poco non urlo. Lui è lì, il ragno, proprio nel mezzo del ritaglio di soffitto sopra di me, sospeso a quel robusto niente che autoproduce, calato fino all'altezza del mio ombelico. Ragno guardone e osceno. Ha scelto la sera sbagliata e il momento peggiore: un momento di fragilità estrema, in cui ripensavo con nostalgia ai primi mesi di matrimonio, quando ero un'ingenua mogliettina appagata e felice. Per la rabbia gli dirigo contro il getto dell'acqua, decisa ad affogarlo, ma lui, straordinario, resiste e si scrolla, simile ad un cagnolino zuppo di pioggia, si aggrappa al filo e infine ritorna nel suo angolo.

Sono costretta mio malgrado a ridere. Così minuscolo, così intrepido. Un centimetro o poco più di coraggio più altri due, tanto sono lunghe le sue agili gambe, di autentica maestria. Facciamo così: io ti risparmio, perché te lo meriti, ma tu risparmia me e rinuncia a tendere la tua ragnatela. Ho già troppo da fare per distruggerti ogni giorno il lavoro.

Il nostro patto sembra funzionare. Il ragnetto ormai è lì da dieci giorni, ma non estende la ragnatela. Si accontenta di quella che gli serve per muoversi, poi forse se la rimangia, non so, comunque nel bagno non ce n'è ombra. Anzi, neppure lui si rende visibile di giorno. Ricompare la sera, puntuale, all'ora della doccia. Lo cerco con gli occhi e lui c'è, aspetta il mio saluto. Gli ho dato anche un nome: Pablito. E perché proprio Pablito? Non potrebbe essere una femmina, diciamo una... Pablita? Non lo so, non so come si distinguono i due sessi, ammesso che ci siano.

Dovrei cercare un'enciclopedia specializzata. Uno dei prossimi giorni proverò a fare una ricerca su Internet. Se mai ne troverò il tempo.

Il nome è apparso nell'alveare dei miei pensieri mentre guardavo il ragno. Una comparsa irrazionale, impulsiva. Una rivelazione. Forse che il ragnetto me lo ha suggerito lui, il suo nome, in qualche modo? Pensano, i ragni? Comunicano con la telepatia?

È un nome che gli calza a pennello. Per me da oggi questo ragno si chiama Pablito. Ed è mio amico.

Sono bambina, mi trovo nella casa di campagna dei nonni. Qui tutto è bello in un pomeriggio ancora caldo di settembre: il tepore di un sole limpido, il paradisiaco canto degli uccelli nell'assoluto silenzio dei dintorni. I grandi mi lasciano in pace, ne approfitto per andare in esplorazione. Scopro un fiore profumato, una lumachina bavosa, una vivace lucertola. Poi mi stendo sul variopinto dondolo del giardino e pigramente mi lascio cullare. Sotto l'ombra del salice piangente mi sto domandando se sia rimasto ancora qualcosa da esplorare, quando lo sguardo è attratto da un movimento nell'aria. Non capisco subito cosa sia, poi ne individuo la causa. È un ragno, minuscolo e velocissimo, che sembra volare. Dovrei rendermi conto che è aggrappato ad una ragnatela, ma di primo acchito non la vedo. Cerco invece le ali di quello strano, anomalo insetto. Non le trovo, come farà a volare? Birichino, mi stai prendendo in giro... Mi alzo per osservarlo meglio e incappo nel filo. Non posso esimermi dal lanciare un piccolo grido, per la sorpresa e per il senso di ripugnante fastidio, direi di autentico schifo, che ho provato all'istante. Mi sposto, ma non fuggo: devo vederlo. Eccola, la teleferica, il segreto per volare senza ali. La ragnatela parte dalla base dell'aiuola di fronte, dove la nonna coltiva con amore fiori coloratissimi, e s'inerpica per magia, o così mi pare, verso l'alto. Non ha appoggio, è tesa, rigida e flessibile; infine si aggrappa ad un ramo del salice, fra i più alti. Impercettibile. Astratta. Il piccolo mostro, con insospettabile, eterea leggiadria, rapidissimo intreccia nuove trame nell'ordito, sale e scende senza sosta, rotola attorno ad un asse immaginario, crea una croce, poi continua a girare. E a tessere. La trappola mortale si completa, pronta per la prossima preda. I mille colori dell'invisibile brillano nel sole, un arcobaleno in miniatura.

Il ragno si pone in attesa. Vorrei catturarlo, perché costruisca solo per me, al mio comando, la tela magica. Allungo due dita, pollice e indice, per afferrarlo, ma è davvero un lampo e fugge. Adesso mi sono stancata di lui. Con un leggero ramoscello raccattato ai miei piedi distruggo in un secondo il lungo, bestiale lavoro. Ragno compreso.

Mi sveglio di colpo, sudata; una tachicardia assordante risuona nelle orecchie. La sveglia mi suggerisce che sono appena le tre e che devo starmene buona, chiudere gli occhi e dormire ancora un po'. Il mattino arriverà fin troppo presto. Non ce la faccio. Ho in mente il sogno. O è un ricordo? Non lo so, non mi vengono in mente episodi del genere, ma è pur vero che i miei nonni abitavano in campagna e che l'ambientazione era proprio quella. Sono confusa, il cuore non accenna a rallentare e il sudore non si asciuga. Sono anche sconcertata per questa reazione esagerata ad un sogno, o ricordo che sia, nemmeno tanto spaventoso quanto di solito sono gli incubi. In fondo c'ero solo io, bambina, e un ragno. Ancora un ragno. Basta, devo calmarmi o diventerà un'ossessione. Allungo la mano verso Claudio, cercando conforto. Trovo la sua schiena, fasciata nel pigiama di seta, che ignora il mio bisogno. Lui non si volta, io rimango con gli occhi aperti nel buio. Suona la sveglia. Sono le sei.

Pablito è diventato l'unico punto fermo nel caos delle

mie giornate. Dall'alba al tramonto, e per molto tempo dopo, sono impegnata nelle vorticose imprese di super mamma. Come un vero supereroe compio gesta sovrumane. Potrei diventare un fumetto: Supermamma, o Superteresa, quello che si vuole. Però più che a Hulk, che è dotato di pura forza bruta ed è troppo brutto perfino per me, potrei assomigliare ad un buffo Superpippo, che acquista i poteri grazie ad una nocciolina. Anche se a me la nocciolina non occorre. Sono in grado di subire mille trasformazioni, senza arachidi e senza alcuna riconoscenza da parte degli altri. Eccomi quindi diventare mamma, governante, moglie, manager, finanziere, cuoca e sguattera. Ma la mia famiglia ha occhi ciechi, non nota e non apprezza il mio equilibrismo. Claudio, soprattutto, non mi vede più. Forse perché il ruolo dell'amante focosa è l'unico che non mi riesce tanto bene. E pensare che è stato lui a portarmi a questo.

Quando l'ho conosciuto io ero la sua infermiera, assunta da poco nello studio che divideva con il padre, cardiologo anch'egli. Prendevo appuntamenti, preparavo il paziente alla visita, svolgevo varie mansioni, ero gentile, efficiente e bendisposta con la gente. L'ambiente mi affascinava e amavo il mio lavoro. Ero davvero brava. Poi il vecchio dottore morì e Claudio si ritrovò solo e sperduto. In quell'occasione cominciai a manifestare le mie eccezionali doti di trasformista. Da super infermiera sono diventata in un attimo super consolatrice. E sono stata così convincente che Claudio ha preferito sposarmi, pur di non perdermi. Aveva già intuito le mie potenzialità. In maniera subdola mi ha convinto quasi subito a lasciare il lavoro, anche perché altrettanto fulmineamente sono rimasta incinta. È stato abile a convincermi, a scegliere per me il ruolo più adatto. Come ha scelto l'appartamento e la mobilia futuristica. Teresa, mi ha detto, il bambino avrà bisogno di te, e così la nostra casa. Ti nomino regina del mio cuore e della famiglia che voglio costruire con te. Belle parole, alle quali ho creduto come una scema. Avevo

trent'anni e credevo ancora alle favole e al principe
azzurro. Ci ripenso ora che la vita mi ha disillusa, ora che
lui non c'è mai, che è sempre in giro tra congressi, visite a
domicilio e aggiornamenti. Lo fa per la carriera dice, e
quindi, per scontato riflesso, per assicurarci un futuro.
Tutte balle. Lo fa per se stesso, perché al centro del suo
universo non c'è altro che il proprio ego. Noi, i bambini
ed io, non esistiamo.

Caro Pablito, tu invece ci tieni davvero a me. Non
manchi mai al nostro serale appuntamento. Quando tutti
dormono, prima della mezzanotte, io e te ci ritroviamo.
Come due amanti clandestini. Ci guardiamo negli occhi,
anche se ne hai tanti che non so che visione distorta della
realtà tu possa avere. Come mi vedi, piccolino? Sono
bella? O ti faccio orrore? Spesso sei così vicino che quasi
desidero una tua carezza. Quelle tue zampette pelose
devono essere molto morbide. Chissà come sei tenero.

Sono di nuovo alle prese con l'aspirapolvere, la mia arma
preferita. Provo un pizzico di rimorso quando penso
all'enorme cimitero di ragni che con esso ho contribuito a
creare e ad alimentare nel corso di questi anni da
casalinga. Mi torna in mente un racconto di Rodari che
aveva fra i protagonisti un ragnetto chiamato Sette e
mezzo, perché al posto dell'ottava zampa aveva un
moncone. Era sopravvissuto per miracolo ad un tentato
assassinio, ci aveva rimesso solo una parte di una delle sue
estremità. Io invece non lascio superstiti.

Gli eventuali scrupoli sono solo temporanei, per fortuna.
Non posso permettere che la mia casa diventi il Regno dei
Ragni. I compari di Pablito invadono ogni angolo: li trovo
tra le tende costose, nell'angolo dei termosifoni, tra gli
stipiti delle porte e all'incrocio dei muri. Se li lasciassi fare,
questo comodo e signorile appartamento somiglierebbe
ad un antro di streghe, con possibile rincalzo di pipistrelli
e scarafaggi. Oppure, bene che vada, assumerebbe
l'aspetto di un edificio abbandonato, fatiscente. Spettrale.

No, non è ammissibile. In questi ambienti lunari non possono coesistere modernità e ragnatele. Tra l'altro sarebbe come ammettere di non aver saputo svolgere bene i miei compiti. Che onta per la super casalinga!

Ecco perché ho solo un attimo di esitazione di fronte all'ennesima tela di ragno. Abitata o meno, chiedo mentalmente scusa, avvio il motorino e torno a ristabilire la perfezione.

Casa mia è famosa per il lindore. Il mio soprannome è Teresa-tornado: dove passo spazzo via ogni cosa, lasciando tutto brillante dietro me. In realtà ho già spiegato che, per motivi organizzativi, non posso rivoluzionare la casa tutti i giorni, me ne manca il tempo. Però sono brava a far sembrare lucido e in ordine anche quando non lo è. Sono i trucchi che s'imparano con l'esperienza. E poiché ho questa reputazione da difendere, ce la metto tutta.

Pablito però non si tocca. Lui è speciale. Non crea scompiglio, non fa sembrare sporco il suo angolo. È discreto, scompare di giorno, riappare la sera e non lascia tracce di sé.

Una cena interminabile, quella di stasera. Claudio ha invitato un famoso cardiochirurgo con la moglie. Voleva fare bella figura, si è tanto raccomandato. I nomi che contano sono importanti, devi adularli se vuoi farti largo nel settore. Così super Teresa ha organizzato una cenetta con tanto di aperitivo, tre primi, due secondi e contorni vari. Macedonia esotica, torta alla panna (uno strappo alla regola ogni tanto si può fare), caffè e conversazione brillante compresi nel prezzo. Non importa se ho lavorato tre giorni per realizzarla. Non importa se alla fine avrei volentieri sbattuto fuori di casa ospiti e marito. Sono riuscita a destreggiarmi tra la cucina e il salotto con eleganza e nonchalance, senza nemmeno macchiarmi l'elegante abito griffato e senza usare il grembiule. I bambini sono stati ammaestrati alla perfezione e ad una certa ora si sono ritirati. Sono perfino riuscita a sostenere una conversazione con la signora su argomenti poco signorili, come i pettegolezzi sui vip dello spettacolo.

Avrei preferito di gran lunga stare a sentire gli uomini che discutevano di lavoro, di casi clinici, di sanità, di finanziamenti, di sponsor farmaceutici. La mia anima infermiera voleva intervenire per dire la sua, ma non era quello che stasera si richiedeva alle mie competenze.

Cena interminabile e noiosa dicevo, ma alla fine anche le cose peggiori hanno un termine. Finalmente. Ormai smanio dalla voglia di ritrovarmi con Pablito.

In questa strana notte si è fatto più audace, come se avvertisse un mio bisogno profondo. Appena sono entrata nella doccia, prima che aprissi l'acqua, si è calato lentamente verso di me e si è posato sulla mia spalla. Mi sono emozionata, ho sentito qualcosa di umido pungere dietro gli occhi. Eccola, finalmente, la sospirata carezza. Con un delizioso solletico lui passeggia impunemente da una spalla all'altra, passando attorno al collo. Non scende oltre. Mi stavo proprio chiedendo come avrei reagito se lo avesse fatto. Finora mostrarmi svestita non mi ha creato imbarazzo, anche se non sono mai stata orgogliosa del mio corpo troppo magro. Lui non lo sa, non gliel'ho mai confidato. E del resto anch'io non so cosa pensi di me, come mi vede. Che effetto gli farà avere davanti a sé una donna nuda?... Sciocca: che differenza vuoi che faccia per un ragno se indosso abiti oppure no? Non credo che abbia il senso del pudore come noi umani. Nemmeno lui ne indossa, ergo non gliene importa un accidenti. Almeno credo.

È stata una carezza audace ma pulita, tenera, d'altri tempi. Il mio ragno gentiluomo è di buone maniere, mi rispetta.

Claudio, invece, dimostra di non rispettarmi, né come moglie, né come donna. La cena di oggi ne è stata un'ulteriore prova. Ha voluto solo esibire la moglie perfetta per soddisfare la propria vanità, per tutto il resto non si pone neppure il problema, non si chiede se mi costa o meno accontentarlo. D'accordo, non è un violento, non fa scenate, non pretende con la voce grossa. Non dovrei lamentarmi quando al mondo c'è di peggio. Il fatto è che ha smesso da tempo di considerarmi una compagna; anzi, ha smesso di considerarmi. Punto. Non è una mancanza di rispetto, questa?

Con rabbia apro l'acqua calda, verso il bagnoschiuma sulla spugna e mi sfrego con forza la pelle. Devo avere gli occhi rossi, mi bruciano. Forse è il bagnoschiuma. Pablito è tornato precipitosamente ad arrampicarsi nel nulla, riguadagnando il suo posto d'osservazione. Da lassù ha visto una donna nuda. Non potrà vedere una donna che piange.

Oggi è sabato. Un qualsiasi sabato di febbraio che, ho deciso, sarà diverso dagli altri giorni. Claudio è in Spagna, ad un convegno organizzato da una casa farmaceutica, ritornerà solo domani sera. Non ha potuto portare anche me, con o senza bambini, non era prevista la presenza di familiari. E poi ci saremmo in ogni caso annoiati senza di lui, occupato per tutto il tempo a parlare con i suoi colleghi delle più recenti scoperte nell'olimpo delle scienze mediche. Questo è ciò che mi ha detto, più o meno, con aria contrita, prima di partire. Se lo poteva risparmiare: non mi ha mai portato con sé a questi convegni, neanche da fidanzati o da sposini freschi. E mentre lui si gode il sole dell'Andalusia, che di certo non manca anche di questa stagione, una grigia e tiepida giornata dalla pretesa primaverile ha salutato me quando stamattina ho aperto le finestre. Di colpo ho pensato che nulla mi vietava di variare almeno una volta la routine, e in un modo molto semplice. Mi sono data malata, forse per la prima volta da quando sono sposata. Ho chiamato mia madre dicendole che non mi sentivo bene, l'ho supplicata di venire a prendere i bambini e di tenerli a casa sua tutto il giorno, magari fino a domani. Avrebbero saltato la scuola, ma pazienza: il mondo sarebbe andato avanti lo stesso e la loro cultura non ne avrebbe risentito. Non è stato facile convincerla a uscire dal suo tetro isolamento, ma alla fine l'ho spuntata. È arrivata poco fa, in taxi, un po' pallida e ansiosa più per l'imprevisto che per la mia salute. Mi ha toccato la fronte, ha posato una scatola di aspirine sulla tonda protuberanza del letto e, agguantati per mano i pargoli, nel giro di dieci minuti era già uscita. Bene. Ho urgenza di stare con me da sola.

Rimango sotto le coperte, pigra, indifferente alle sorti dell'universo. Il calore del mio bianco copriletto trapuntato è tutto ciò di cui, al momento, ho bisogno. Concilia le riflessioni, in uno stato di veglia sospeso tra realtà e sogno. La situazione ha un sapore onirico, data la sua eccezionalità.

Sbirciando la luce cupa che filtra dalla finestra concludo malinconica che dopo tutto l'inverno non è ancora finito. Da mesi prosegue nella sua corsa inarrestabile. Proprio come Teresa-tornado. Come un cataclisma, come il susseguirsi delle stagioni, come il sopraggiungere del Natale ogni 25 dicembre, avanzo inesorabile, travolgo e vengo travolta da quotidianità sempre più snervanti. Ora sveglia e nervosa mi agito sotto le lenzuola. Le uniche novità nella vita che conduco sembrano essere rappresentate dalle spese impreviste, dalle malattie dei bambini, ormai sempre più prevedibili, o dalle rotture in casa. A tutto rimedio io, ovviamente. Claudio non può, è impegnato tutto il giorno per tutti i giorni della settimana. Anche le domeniche, se un paziente lo richiede.

Mi sono chiesta molte volte se mio marito ha un'amante. Non lo so e ho scoperto che non lo voglio sapere. Sono così stanca e vuota dentro che non avrei la forza di occuparmi anche di questo. Ho provato invece a chiedergli di assumere una donna che mi alleggerisca i compiti. Mi ha risposto che non ne vede il motivo: io sono già perfetta, non lo faccio mai sfigurare, neanche con gli inviti a cena dell'ultima ora. La casa poi è lustra, i bambini educati, anche se vivaci, e bravi a scuola, i miei manicaretti speciali... A che mi gioverebbe avere un'estranea tra i piedi? Credo che lo intendesse davvero come un complimento. Ora che una lacrima si fa strada a forza da sotto le palpebre chiuse, mi chiedo come possa un uomo brillante come lui, intelligente e colto, essere così grezzo da non capire. E perché io non sono mai stata capace di impormi, di reclamare un po' di tempo per me? Con un aiuto in casa riuscirei per esempio ad andare più spesso dal parrucchiere. Porto i capelli, ancora di un bel castano caldo, di una lunghezza esagerata, fino a metà schiena, solo perché si fa presto a raccoglierli in una pratica treccia, e non perché piacciano a Claudio, come invece è convinto lui. Nella sua mente razionale non trova posto l'eventualità di un mio desiderio per una volta discorde, come provare un taglio diverso o un nuovo colore. Magari potrei piacergli di più, con un aspetto più sbarazzino. Forse mi farebbe un complimento ammirato, mi vedrebbe con occhi diversi.

Forse mi vedrebbe.

Invece niente, la mia femminilità non sembra interessarlo. Tanto è vero che anche i momenti di amore sono sempre più rari tra noi. Un ricordo lontano.

Per fortuna ho chi pensa a me: Pablito! Asciugo la lacrima e sorrido pensando al mio solo amico. Mi stiracchio nel letto, d'un tratto soddisfatta. La puntuale presenza del ragno, tutte le sere nella mia doccia, dimostra in maniera inequivocabile che lui a me ci tiene. Ormai siamo amanti. Non nel senso pratico, si capisce, ma in un modo più figurato eppure ugualmente eccitante. Siamo complici, accomunati in una storia clandestina da quel senso di solitudine che certo prova anche lui. Perché è sempre così solo? D'accordo, non sarà un campione di bellezza, ma immagino che nella sua razza il concetto di bello sia relativo. A dire il vero, se io fossi una ragnetta lo troverei affascinante. Quel corpicino è così robusto, atletico, palestrato come quello di certi giovanotti che ho conosciuto.

Sexy.

A differenza di quei ragazzi, però, Pablito è più intelligente. Lo dimostra il suo comportamento, discreto e tenace, furbo, malizioso e prudente. Misterioso. Intrigante. Decisamente accattivante.

Il solo pensarlo mi ha risollevato il tono dell'umore, che era già precipitato in meandri più cupi.

Mi alzo, sentendomi meglio, ma con l'intenzione di non concedere nulla a questa casa che mi divora. Oggi penso a me.

Gironzolando per le stanze cerco di non trovare a tutti i costi qualcosa da fare, o da pulire, o da mettere a posto. Mi ritrovo nello studio di mio marito, dove entro raramente perché non è mai in disordine, in quanto lo usa pochissimo. Difatti la scrivania è sgombra, l'agenda chiusa, il computer spento. A guardare bene forse aleggia un filo di polvere, ma non ci bado. L'ampia libreria è uno spettacolo di volumi colorati che rallegra la vista. Mi scopro incuriosita. Una volta mi piaceva leggere, poi non ne ho più avuto il tempo. Oggi lo posso fare. Cerco un titolo che mi attragga. La maggior parte sono libri di medicina, dagli argomenti più disparati, che non mi sembra il caso neppure di sfiorare. Uno scaffale d'angolo è riservato alle letture d'evasione e qui faccio tombola: MITOLOGIA GRECA. Ma sì, può andare. Ho qualche reminiscenza degli strampalati dei dell'olimpo, tutto sommato così simpatici nella loro assoluta somiglianza umana. Sprofondo sul divano immacolato mangiando biscotti, spargendo briciole e aprendo a caso il libro. Scherzo del destino: le pagine si spalancano da sole sul mito di Aracne. Non me lo ricordavo, però il titolo è un invito a nozze. Il nome scientifico per definire i ragni non è forse "aracnidi"?

Leggo con avidità una storia curiosa che vorrebbe spiegare qual è stata l'origine dei ragni. Pare che una contadina di nome Aracne fosse così brava a tessere che in una sfida lanciata da Atena, abile tessitrice invidiosa di lei, superò nei risultati la stessa dea. Riuscì così a inimicarsi, oltre ad Atena, anche gli altri dei, che erano stati rappresentati nella sua tela con i loro peggiori vizi. Le ire dell'olimpo furono terribili e la poverina, per salvarsi, decise disperata di impiccarsi. Ma neanche questo le fu concesso, poiché la temibile dea, vedendola appesa, la condannò a vivere in eterno a testa in giù e a filare per tutta la vita. Ossia la trasformò in ragno.

Fantastico. Chissà se la troverò mai io, una dea che mi trasformi in ragno. Riuscirei a esserne felice, vedrei il mondo dall'alto in basso e costruirei la ragnatela matrimoniale insieme a Pablito.

La sua sola esistenza ha un effetto benefico su di me. Solo di sfuggita mi sfiora la stranezza di essere tanto coinvolta, da un po' di tempo, in storie di ragni. Ciò che occupa i miei pensieri, ora, è il conto alla rovescia che mi separa dalla doccia di stasera.

Terminato il mio giorno di libertà, rubato alla famiglia e alla casa all'insaputa di tutti, da qualche settimana ogni giorno ha riacquistato la dimensione di una ripetitiva, banale, mortificante realtà.

È in una serata come tante, con la depressione ormai al livello di guardia, che provo più forte che mai il desiderio di una mutazione. I bambini non hanno fatto altro che litigare tra loro, mi hanno sfinita. Li ho spediti a letto urlando arrabbiatissima. Poi, pentita, ho raccontato loro una favola. Quella di una giovane contadina, bellissima, che era così brava a tessere da suscitare l'invidia di una dea. "Cosa vuol dire tessere?"... Giusto, sono bimbi troppo piccoli, devo spiegare loro tutto. Però hanno capito benissimo la magia della trasformazione, ma non l'hanno apprezzata. Anzi, Serena per prima, e subito dopo Mattia, per solidarietà, sono scoppiati in un pianto spaventato. Il solo pensiero che qualcuno con tanta facilità li possa in qualche modo rinchiudere dentro le forme di un mostriciattolo li ha terrorizzati. Mi domando perché le creature orribili della TV non procurano loro lo stesso terrore, tutt'altro, scatenano invece preoccupanti tentativi di emulazione. Ho perso molto tempo a tranquillizzare i miei piccoli, che credo rimarranno traumatizzati per sempre dalla mia bella idea. Mi sento incompresa e avvilita. Claudio dorme, non si è accorto di niente, né mi ha dato una mano a rimediare al mio sbaglio.

Corro in bagno.

Siamo soli, Pablito, io e te. Dimmi come si fa a diventare ragni. Lui mi guarda dal solito angolo e non mi risponde. Gli racconto intanto di un ricordo scolastico. C'era qualcuno cui la trasformazione in insetto era riuscita, anche senza desiderarlo... Kafka, vero? Già, un classico dal titolo emblematico, che solo ora comprendo appieno: "La metamorfosi". Non mi pare che il protagonista si fosse trovato così a suo agio nell'armatura di quell'insetto (non era un ragno), o almeno non subito, mentre io pagherei chissà cosa per riuscirci.

Pablito dondola, comprensivo, agitando le zampette, ricamando nell'aria qualcosa di magico. E m'illumina. Ma certo, non occorre trasformarsi, ci si può accontentare di mimetizzarsi per un po'. Crearsi una specie di bozzolo per non sentire più niente e rigenerarsi. D'accordo, il bozzolo è tipico dei bachi, che nel suo interno diventano farfalle. Non voglio confondere razze e ruoli, ma la tentazione è forte. Chiedo aiuto a Pablito, a voce alta, con fare maliardo e dolce, cercando di essere, solo per lui, la più affascinante delle sirene.

"Guardami, vieni più vicino. Non ho ancora aperto i rubinetti dell'acqua. Sono qui, spoglia di ogni difesa, ad implorarti. Tessi quella tua magica tela, avvolgimela intorno e aiutami a sparire. Ce ne vorrà tanta lo so, io sono piccola ma un gigante per te. Sai, mi sono informata, tu e i tuoi simili potete produrre anche venti metri di filo in un giorno. Basteranno, ce la puoi fare. Coraggio, provaci!".

Vedo che tentenna, esita in modo appena percettibile, ed è insolito per lui. Forse perché sarebbe impegnativo quello che gli sto chiedendo. O forse perché mi vuole difendere in un altro modo. Deve pensare che sono ridotta proprio male. Io, nemica giurata di ragnatele e affini mi ritrovo umiliata di fronte ad un ragno richiedendone una speciale, che mi racchiuda completamente. Sono ai limiti della pazzia, lucidamente me ne rendo conto. E lui? Da qualche secondo è terminata la mia accorata richiesta e sono ancora con una mano tesa, supplice, disperata. Pablito si decide, scende, raggiunge il mio indice destro proteso. Lo esplora per un po', poi, tra indice e medio, compare un luccichio nuovo, denso, appiccicoso. In un attimo il luccichio aumenta, il filo si prolunga, avvolge anche il pollice... Rido, beata.

La cosa ormai va avanti da un mese. Nessuno sa, nessuno immagina. Chi può concepire che io abbia il tempo e la voglia di imbastire una relazione con qualcuno che non è mio marito? Eppure tutti i giorni ho l'ansia di arrivare a sera, al nostro appuntamento, di scoprire fino a che punto arriveremo. Come una coppia che sperimenta nuovi giochi erotici, io e Pablito ci spingiamo ogni volta un po' più in là. Quella notte ha avvolto nella sua tela tre dita della mia mano. Che strana, stranissima sensazione! Preda del suo fascino repellente osservavo l'andirivieni incessante, il paziente lavoro d'intreccio, l'abilità di consumato predatore. Ritengo che per lui sia stata la prima volta. La prima volta che ha usato il proprio filo di seta per farci l'amore con una creatura di un'altra specie. Ho studiato su una vecchia enciclopedia che qualche volta la ragnatela può servire alla riproduzione, ma quella è fredda biologia. Ciò che sta accadendo tra noi è un'altra cosa. Io non sono una semplice preda, che per giunta s'immola volontaria nelle fauci del nemico. E non sono nemmeno una sua simile, che gli serve per riprodursi e basta, senza amore. Io sono speciale per lui, come lui lo è per me. Lo amo per le accortezze che mi riserva, per la generosità con cui soddisfa le mie richieste. Per la tenerezza con cui mi accontenta.

Quando quella prima fatidica sera ho cominciato ad avvertire un po' di paura e a temere che prendesse alla lettera il mio desiderio, lui ha capito da sé che non ero ancora pronta. Volevo che si fermasse, dirgli che poteva bastare, ma non sapevo come; non avrei voluto fargli male, ma al contempo non potevo lasciare che continuasse. Di colpo, leggendomi dentro, ha smesso da sé di filare, lasciandomi solo le tre dita imprigionate. Le avevo osservate a lungo, valutando la robustezza di tale prigione, il grado d'isolamento che avrebbe potuto comportare se con quel filo d'argento mi avesse rivestito completamente il capo, il corpo, tutto... Infine è bastato un niente, un movimento leggero e la prigione si è aperta senza la chiave, le dita erano libere come sempre. Sotto lo scroscio caldo dell'acqua, avvolta in una nuvola profumata di bagnoschiuma, ho lavato via tutto. Ma non con cattiveria. Ero serena, colma di una felicità bambina per aver scoperto un gioco nuovo. Ho mandato un bacio pieno di bolle, leggere come la sua seta, a Pablito che dalla solita postazione mi osservava, per nulla offeso che avessi distrutto la sua fatica.

Quanto vivono i ragni? Voglio dire, se sopravvivono ad aspirapolvere, spiaccicate, giornalate e nemici naturali? Non ne ho idea. Stabilire l'inizio della vecchiaia di un ragno è un chiodo fisso che in questi giorni mi assilla, diventando una questione prioritaria. Non ricordo di aver letto qualcosa in proposito quando ho sfogliato l'enciclopedia. Dovrei prendermi quei cinque minuti per ritrovare la pagina e studiarla più a fondo. In realtà non sono interessata ai "ragni" in genere: io amo il "mio" ragno, ed è per il timore di una sua prematura scomparsa che mi faccio domande. La perigliosa esistenza di un tipo come Pablito non sembra poter durare a lungo. Tale angosciosa consapevolezza mi è piombata addosso drammaticamente da quando il nostro trastullo ha preso forma. Da perfetta egoista ho paura di dovermene privare all'improvviso prima di arrivare alla conclusione del gioco.

Perché, come dicevo, da quella prima notte Pablito ed io ci siamo specializzati ad andare ogni volta un pochino oltre, senza fretta, un passo dopo l'altro. Dopo che aveva intrappolato tre dita della mia mano, qualche sera più tardi gli ho chiesto, alla nostra maniera telepatica, di osare di più. E lui ha teso una tela fitta su tutte e cinque le dita aperte, formando una sorta di membrana come quella dei palmipedi. La volta successiva mi ha legato entrambe le mani, insieme. È così che giochiamo, da oltre un mese. E sempre rovino tutto il suo lavoro con l'acqua e rido felice come una bimba dispettosa, ma lui non se la prende. È un amante comprensivo, paziente.

Ormai non ho remore, vivo quest'avventura clandestina con tranquillità, senza rimorsi. Sono anzi più allegra, sorridente. Nessuno della mia famiglia sembra accorgersene, ma chi se ne importa! Al di là della frenesia quotidiana, dell'affanno, dei doveri e della cronica mancanza di tempo, io ogni sera ho quella mezz'ora, a volte anche un'ora, nel cuore della notte, da dedicare a me. Da dedicare a Pablito, che adoro per la sua volontà di realizzare il mio sogno. Presto o tardi riuscirà ad avvolgermi nella sua tela, mi isolerà dal resto del mondo. E allora io, che ancora non so come ricambiare, forse mi lascerò mangiare da lui, come mostruoso, cannibalesco pegno d'amore.

Per far questo però ho bisogno che lui viva ancora a lungo. È con vera ansia che ogni sera alzo gli occhi al soffitto del bagno cercandolo. Per scaramanzia, con il batticuore, inizio l'esplorazione dalla parte opposta all'angolo in cui solitamente si rifugia. Faccio ruotare lo sguardo lentamente, trattengo il respiro, infine lo vedo. Finora non è mai mancato. Solo raramente cambia postazione, ma poi ritorna e ricominciamo il gioco.

È questa la serata giusta, lo sento. Non vedo l'ora di ritrovarmi con Pablito. Le ore non scorrono più, non mi è mai sembrata così lunga una giornata. Sono distratta, ho bruciato l'arrosto della cena e ho preparato la caffettiera senza acqua. Stamattina ho quasi dimenticato di andare a prendere i bambini da scuola. Non ci sto con la testa, sono presa dai ricordi di ieri sera. Ieri Pablito ha superato se stesso. Mi ha praticamente legata come un salame, con le braccia lungo i fianchi. Ha volteggiato gioioso intorno a me, con l'interminabile e impalpabile seta al seguito, mi ha fasciato completamente, lasciando fuori solo la testa e le gambe, dall'attaccatura del bacino in giù. Nessun imbarazzo mentre il mio piccolo amico correva in un girotondo intorno al collo, seguiva la curva del seno, scendeva nell'ombelico. Solo un lieve fremito, il gusto del proibito, l'eccitazione della novità. E un piacere perverso, sottile, preludio all'estasi... Bravissimo, Pablito, sei un vero maestro dell'eros. Insuperabile tessitore, hai battuto anche Penelope, che fa e disfa il frutto di ore e ore al telaio per interminabili anni. Tu non disfi mai, sono io che rovino il tuo capolavoro con gioia infantile. Il bello è che non ti arrabbi, recuperi le forze e il giorno dopo si replica. Cosa ti spinge a starmi così vicino? Non hai una famiglia, una vita sociale? Dove vai durante il giorno? Quante cose non so sul tuo conto. Se le sapessi, però, forse perderesti il fascino del mistero. Va bene così quindi, proseguiamo. Attendo questa sera per vedere completata l'opera, il mio sogno d'isolamento. Con un ultimo piccolo sforzo Pablito mi circonderà, oltre che d'affetto, di quell'arcano filo incantato, per regalarmi l'oblio. Stavolta non so se laverò via tutto con l'acqua. Può darsi che mi lascerò avvolgere, in fremente attesa, e soffocherò quando avrò naso e bocca tappati, incollati dalla ragnatela. Mi libererò per sempre dagli affanni quotidiani, dagli impegni pressanti. Mi offrirò inerme a Pablito e lui chissà, forse in preda ai

rimorsi, rimangerà la sua stessa tela, in un tentativo
disperato di salvarmi. Ma sarà tardi.

Con questa aspettativa e un brivido di mortale
eccitazione, entro in bagno, chiudo a chiave la porta.
Manca poco a mezzanotte, come spesso accade, è
tardissimo. Tutti stanno dormendo. Lo sguardo mi cade,
inconsapevolmente e non per un bisogno fisico, sul water.
Ha il coperchio alzato. Il particolare mi colpisce subito,
ma mi ci vuole un po' per capire che qualcosa non va.
Tutti, in famiglia, abbiamo l'abitudine di abbassarlo dopo
aver usato il servizio, anche i bambini. Non accade mai
che il water rimanga aperto, tanto meno nel mio bagno.
Chi è entrato, chi lo ha usato? Domande che per un
attimo mi distraggono, mi spiazzano. Non alzo subito gli
occhi al soffitto, come al solito, e pensierosa vado a
riabbassare automaticamente il coperchio. Allora lo vedo.
Galleggiante nell'acqua, allo stremo, annaspa verso le
pareti lisce di ceramica bianca. Ha almeno quattro gambe
spezzate, le altre si muovono sempre più stancamente.
Pablito è lì, nel water. Pablito sta affogando, sta morendo.
Urlo, stavolta sì, grido come mai ho fatto nella mia vita,
perdo il controllo. Mai prima ho provato una simile
sensazione. Orrore, abbandono, tradimento, lutto, tutto
assieme, in così pochi secondi.

Mio marito accorre, non era ancora addormentato.
Bussa alla porta, mi chiama, si scusa perché si era
dimenticato di avvisarmi. Per fare un po' più in fretta oggi
era entrato nel mio bagno, il più vicino al momento, e
mentre si lavava le mani aveva visto il ragno sul soffitto.
Lo aveva colpito con una pantofola e lui era caduto nel
water. Lo aveva lasciato lì come promemoria, per
ricordarsi di dirmi che l'indomani avrei dovuto passare
l'aspirapolvere con più attenzione. Forse c'era un nido che
andava eliminato.

Non lo ascolto, non lo sento più, mi tappo le orecchie
con i pugni serrati, le unghie conficcate nei palmi.
Incapace di emettere altri suoni, dopo l'urlo di poco fa,

fisso piangendo copiosamente quell'esserino che lotta per sopravvivere, ma ormai sempre più stremato, poco convinto, demotivato. Perché lo ha fatto? Perché si è fatto cogliere così impreparato, come un cucciolo inesperto, quando ormai da mesi era riuscito a eludere ogni sguardo indiscreto? E io dov'ero? Perché non mi sono accorta di nulla? Ero troppo distratta, pensavo solo a lui e non sapevo che la tragedia si compiva a pochi passi da me.

Un pensiero mi gela. Non è stata una distrazione da parte di Pablito, d'un tratto lo so per certo. Lo ha fatto apposta. Non vedo altra spiegazione. Mi ha illusa fin qui, poi non se l'è più sentita di accontentarmi, o non ha potuto, e si è fatto togliere di mezzo per non dover dirmi di no. Un'illusione, l'ennesima delusione, ecco cosa sei stato, Pablito. E un vigliacco. Chissà quanto hai riso di me, nel profondo del tuo corpo immondo. Mi hai presa in giro, mi hai umiliata con il tuo tocco peloso. Te la sei spassata. Non sei diverso da mio marito, non sei diverso da qualsiasi altro essere vivente, generalmente umano, che mi usa fregandosene dei miei sentimenti. Ti odio! La vista mi si è appannata per le lacrime e per l'ira, ma se non sbaglio non vedo più movimento nell'acqua del water. Con un gesto automatico, a metà tra rabbia e pietà, faccio andare lo sciacquone.

Ho trascorso tutta la notte in bagno, seduta per terra sulle fredde piastrelle rosse, le braccia intrecciate intorno alle gambe. Non mi sono lavata, non ho fatto la doccia. Claudio, dopo le doverose spiegazioni sui motivi per cui ha lasciato così in vista un quasi cadavere, è tornato a letto con la coscienza tranquilla. Non penso più a niente. Le lacrime che sembravano inarrestabili all'inizio, si sono seccate. Anche i fiumi in piena prima o poi rientrano negli argini. Ho la mente vuota, il cuore infranto, eppure, incredibile, la luce del giorno è arrivata anche stavolta, incurante di tanto dolore. Mi alzo, mi sciacquo il viso. Esco da questa tomba, vado a preparare la colazione ai bambini. Loro non hanno colpa, se tutto ricomincia.

Una settimana dopo la morte di Pablito sto un po'
meglio. Nel senso che, una volta tanto, la routine mi è
stata di aiuto. A mente fredda, svuotata dalle emozioni e
riacciuffata dal vortice del solito tran tran, ho dovuto
prendere atto che non avrei potuto giustificare la
lancinante e devastante depressione che mi stava
assalendo con l'uccisione di un ragno. Claudio mi avrebbe
portata di peso dal suo collega psichiatra, quello così
noioso che quando è venuto a trovarci ho corso il rischio
di addormentarmi a sentirlo parlare. Ho dovuto reagire
quindi. Non ho bisogno di dottori, mi so analizzare da
sola. Teresa-tornado sa fare anche questo. Tra una
faccenda e l'altra, tra una corsa e l'altra ho avuto modo di
ragionare. E ho capito. Pablito non è stato un vigliacco.
Mi ha regalato una grande prova d'amore. Sapeva che mi
stavo annientando, che l'isolamento che agognavo mi
avrebbe presto portato al suicidio. Negli ultimi tempi della
nostra relazione meditavo di morire per mezzo della sua
ragnatela, che avrebbe dovuto penetrarmi nel naso, nella
gola, fino a soffocarmi in un amplesso mortale. Non ha
voluto. Non voleva essere lui l'autore della mia
distruzione. Voleva che tornassi alla vita, magari con più
consapevolezza, più rispetto per me stessa, più forte di
prima. Nei suoi piani avrei dovuto imparare a dominare
gli eventi, a non lasciare che questi mi trascinassero.
Dovevo riservare la parte più fragile di me al sogno,
separandolo dalla realtà, ma non ignorandolo,
conservandone il lato consolatorio ed eliminando gli
aspetti più distruttivi. Come poteva spiegarmi tutto questo
un povero piccolo ragno? La telepatia non bastava, ero
preda del delirio. C'è voluto il suo sacrificio, un salutare
shock, per rientrare in me. Al prezzo di una vita, a me
così cara, ho capito.

Mi sono fatta forza, sono andata avanti, come sempre,
superando da me questa pena. Nessuno ha immaginato

niente. I bambini vanno a scuola, litigano fra loro, giocano con la play-station. Mio marito prosegue, con la sua assenza, la rincorsa a una fulgida carriera dimenticando di avere una famiglia. Il mio segreto è morto con Pablito. E con me.

Sono tornata a pieno regime al ruolo che più mi si addice, quello di Teresa-tornado. Corro di qui e di là, sempre affaccendata. La casa è più che mai uno specchio: neanche l'ombra di un granello di polvere o di una ragnatela. Spazzolo via tutto con asettica freddezza e chirurgica precisione. Sorvolo, tacitando il mio grillo parlante, sulla presenza eventuale di ragni. So che ce ne sono molti; sembra incredibile, in pieno centro cittadino, ma questa casa è proprio il Regno dei Ragni. La maggior parte ha il corpo piccino e le zampe lunghissime. Ne ho preso atto in modo del tutto involontario e distaccato. Comunque, dimensioni a parte, non sono degni di nota e finiscono senza pietà nel sacchetto dell'aspirapolvere, triturati, masticati, uccisi.

Questa sera, però, sotto la doccia, una specie d'istinto mi ha fatto alzare lo sguardo.

Lui è là.

Muscoloso, tanto che sembra indossare una corazza, otto zampe attaccate ad un filo di niente; penzola dal soffitto, ben lontano da me. Il cuore mi si ferma, poi riprende a battere, contro la mia volontà, un po' più veloce. Non è Pablito. È più piccolo, più tozzo, le zampe sono molto più lunghe e sottili. Non è lui, ma potrebbe essere suo figlio tanto gli somiglia. Lo guardo, mi guarda. Penso che dovrei correre a prendere l'aspirapolvere. Penso che lo lascerò stare. Penso che Pablito, in qualsiasi posto si trovi ora, in una fogna, dissolto nei liquami o in paradiso, mi ha mandato suo figlio, perché non mi scordi di lui. Perché mi vuole bene. E questo mi regala un po' di pace.

L'UCRAINA

"Спи младенец, мой прекрасный, баюшки баю...".
"Dormi mio bambino bellissimo, baushki bau ...".
La voce fiacca cercava di intonare le note dell'antica
ninna-nanna, una di quelle nenie che sopravvivono
immortali nelle tradizioni popolari. Una dolce cadenza
russa, pur se in un bisbiglio, pervadeva tremando l'intera
stanza. Era tutto così difficile... Cantare, quando si è
stremati, equivale a scalare la vetta più alta con le nude
mani: lo sforzo è immenso e il fiato assente.
"Sssst..., zitta piccolina, zitta, non piangere...".
Ma anche la piccina aveva faticato tanto lottando per
farsi strada e uscire dalla culla-prigione. Artigliava l'aria,
annaspava espandendo per la prima volta e con furia i
minuscoli polmoni, cercando il fiato che le spettava.
Aveva atteso inconsapevole per nove mesi in quella calda
incubatrice dove il mondo era liquido e così pure il
respiro. Era l'ora di rivendicare il diritto di esistere e lo
faceva strillando, con l'intenzione sacrosanta d'informare
chiunque del fatto straordinario che le era capitato.
Blandirla non serviva, né aveva senso balbettare: "Non
puoi, non devi piangere... Ti prego, piccola mia, non farmi
questo. Nessuno qui ti aspettava, la gente non sa di te. Per
favore, smetti di piangere...".
La donna era stanca, sentiva il dolore pulsare
dappertutto, dentro e fuori di lei, in un marasma delirante
da cui stava cercando di emergere. E perdeva ancora
sangue. Quanto sangue.
Non le sembrava possibile, ora che la creatura era lì,
rossa e urlante, che avesse tentato in qualche modo di
trattenerla. Ci aveva provato, aveva stretto le gambe con
disperazione, aveva stretto fra i denti uno straccio per
contenere anche le urla e fra i pugni serrati aveva stretto la
propria anima, lacerandola con le unghie insieme alla
pelle. Ma tutto quello stringere non aveva potuto
trattenere la vita. Mi hai fatto molto male bambina,

pensava la donna, e i pensieri erano parole, e le parole una domanda assurda, senza risposta: "Hai cercato di vendicarti di me? Tu sapevi che non volevo farti uscire…".

Un'onda che andava e veniva nel corpo pur robusto e ormai avvezzo alle fatiche squartava in mille pezzi, uccideva, poi… cessava. E dopo ricominciava. Sempre più forte, sempre meno comprensiva, induceva alla follia. E alla fine l'onda aveva depositato a riva un fagottino viscido, bagnato e strepitante.

Lei invece, Lyubov, non aveva gridato.

Non doveva essere scoperta.

Nessuno doveva sapere.

Non dopo nove mesi di silenzio.

Perciò aveva fatto tutto da sola, e con l'istinto antico delle madri era riuscita lucidamente a recidere il cordone ombelicale. Forbici e filo provenivano dal cestino del cucito che la signora Maria non usava da tempo.

La signora Maria probabilmente non avrebbe udito le urla della sua badante neanche se queste avessero stracciato il cielo. Lyubov l'aveva lasciata davanti alla finestra del soggiorno, seduta sulla carrozzella. Muta come sempre, non si sapeva quanto sorda, o vigile, là sarebbe rimasta fino a che lei non fosse andata a spostarla. Non dava udienza al mondo, la signora Maria. Non rispondeva se le si parlava, viveva in un limbo paralizzato come le sue gambe. Era vecchia e immobile, una pianta tenace e grinzosa, con le radici affondate in una casa decrepita quanto lei. Si nutriva della luce che poteva rubare dalla finestra, per questo Lyubov ogni giorno la spostava da un vano all'altro, seguendo la parabola del sole.

Non era certo la migrazione verso le varie finestre il lavoro più faticoso. Più dura era alzare la donna dal letto la mattina, dopo averla lavata degli umori della notte, che non tratteneva, e curato le piaghe. Ecco, lì sì che la schiena di Lyubov si spezzava. Del resto non c'era nessuno che le desse una mano ed era stata assunta appunto per quello. Il vecchio tronco era secco e magro, ma inflessibile, piombo pesantissimo. Come se non bastasse, negli ultimi tempi anche la bambina pesava nella pancia della mamma, togliendole il fiato e le forze.

Ora le due erano finalmente fianco a fianco, anziché una dentro l'altra. La madre sussurrava, nella sua lingua, alla figlia:

"Sssst…, stai buona, ora stiamo insieme, cos'altro vuoi? Lo senti il profumo di questo grande letto? Qui siamo al sicuro. Non essere così spaventata, ci sono io qui con te. Ascoltami. La tua mamma ora ti racconta una storia. Sì, certo, una storia… Non fa niente se c'è sangue tutto intorno, non lo guardare, io non lo guarderò e non ascolterò nemmeno il dolore che mi uccide ancora, e ancora, fuori e dentro. La testa… cos'ho al posto della testa, che picchia, sbatte e mi confonde? Non importa, ignorerò anche questo. Ascolta questa storia principessa, vediamo se me la ricordo ancora…".

C'era una volta un Paese lontano, lontanissimo, una Repubblica che si chiamava Ucraina. Comprendeva un territorio così grande che il clima non era mai uguale da un confine all'altro. Vi si trovavano zone in cui d'inverno il gelo era tremendo. Ma questo Paese conosceva anche primavera ed estate bellissime. C'erano praterie verdi, colorate dai papaveri e dal frumento, boschi abitati dai lupi e da uccelli variopinti.

Nell'angolo più remoto di questo grande Stato viveva una ragazza. Era bella, alta e forte, con i lunghi capelli color del sole e gli occhi come cielo d'estate, trasparenti e puliti. Ma era anche povera. Con la bellezza non si riempie il piatto, purtroppo. La ragazza aveva studiato con grandi sacrifici, era maestra, ma il lavoro era saltuario e mal pagato. Sembrava non ci fosse bisogno di lei nel suo Paese, e quando anche il bisogno c'era, il compenso non durava che lo spazio di qualche pasto. Perciò si adattava anche ai lavori più umili e faticosi della campagna.

La ragazza abitava con i genitori, anziani e malaticci, in un villaggio situato molti chilometri a est dalla capitale Kijev. Figlia unica, arrivata quando non c'erano più speranze, era stata per loro una benedizione. Ogni giorno ringraziavano Dio per la Sua immensa generosità. Ma quando la bambina diventò una donna, i due vecchi erano ancora più vecchi e inabili. Così la benedizione inaspettata, la luce degli occhi stanchi, ora doveva trovare il modo di aiutarli a sopravvivere.

L'Ucraina, principessa, è un gran bel Paese, ma a volte è così avaro di occasioni. Una rivoluzione politica ed economica (che parole difficili!), ne ha cambiato il volto e tutto ora diventa difficoltoso. Non è un luogo da favola.

La favola invece la ragazza la incontrò per caso. Ma sì, un'altra fiaba dentro la storia che ti sto raccontando, principessa, guarda che cosa buffa m'invento per non farti piangere... Stammi a sentire, ti dico...

La speranza aveva invaso le strade del villaggio in una sera d'inverno, mentre la neve seppelliva le angosce e il freddo accarezzava le ossa, facendosi beffe dei focolari accesi. Di fuoco in fuoco, di bocca in bocca, di casa in casa, la speranza raccontava di uno Stato lontano, piccolo piccolo, quello che a scuola, quando lo incontravi per la prima volta, ti lasciava a bocca aperta perché fatto a forma di stivale, proprio come quelli che tutti indossano per ripararsi dalla neve! Lì, così distante, c'era la certezza di un lavoro, di soldi, quanto bastava per vivere dignitosamente.

I vecchi genitori della ragazza la incoraggiarono a cavalcare la favola. Non tanto per se stessi, in quanto sapevano di avere avuto tutto ciò che avevano desiderato nella loro esistenza ormai al tramonto. Ma lei, per il suo bene e un futuro tranquillo, doveva crederci e partire. Dio avrebbe provveduto a che non restassero soli e comunque quanto avrebbe guadagnato con il suo onesto lavoro in Italia, una piccola parte almeno, avrebbe garantito che il resto dei giorni fossero ricchi di serenità.

E così il viaggio cominciò. Il segno della croce e la

benedizione dei genitori accompagnarono la ragazza nel lungo cammino verso il sogno, fra treni e autobus sgangherati, sfiorando la miseria assassina del Reattore Cattivo di Chernobyl, nella campagna ferita a morte.

Non aveva una meta precisa, sai, principessa, solo tanta fiducia nel bagaglio leggero. Ma quando arrivò nella grande città italiana trovò l'orrore. Non il calore di bambini a scuola. Né quello di una famiglia. Non trovò la via delle copertine patinate come altre connazionali, lei che pure era bella come Eva. Trovò solo il freddo del marciapiede, dove, per tutti, era semplicemente "l'ucraina". Non meritava più di possedere nulla, nemmeno un nome proprio.

Incontrò botte. E soprusi di ogni tipo.

Non ti posso raccontare i dettagli, tu sei così piccina e ti guasterei il bello del vivere. Ma sappi, principessa, che quella ragazza conobbe l'inferno.

In una mite e struggente notte di maggio capì di aver toccato il fondo. All'ennesima, indicibile violenza, raccolse i brandelli del proprio coraggio e fuggì. Voleva tornare a casa, ma i soldi del marciapiedi non erano mai stati per lei, non aveva nulla nelle tasche lacere, meno che meno il passaporto, sequestratole dagli aguzzini. Trovò aiuto e assistenza in un centro per ragazze disperate che le somigliavano per origini straniere e destino di strada. Angeli senza ali le curarono le ferite e l'allontanarono dalla metropoli killer. Un mese faticoso dietro l'altro e finalmente le furono assicurati un permesso di soggiorno, una casa e un lavoro vero, sebbene impegnativo, in una lontana periferia, un paese pedemontano, dove nessuno era a conoscenza della sua storia recente. Che rimase un suo segreto.

In quel piccolo paese avrebbe dovuto badare e fare compagnia a una vecchia quercia in carrozzina, che non parlava e non camminava e vegetava seguendo il sole.

Fu un sollievo, principessa. Era un po' come ritrovare i

vecchi genitori, avere cura di loro a distanza alleviando le pene di un vegetale stanco che non aveva affetti al mondo. Solo un nipote, lontano di nome e di fatto, che aveva preso Lyubov senza tante domande, purché lo liberasse del problema.

Anche la natura intorno aiutava a risanare le ferite. La tranquillità del posto era la stessa che ovattava quello in cui era nata. La differenza stava nel fatto che qui nessuno sembrava interessarsi agli altri. Quando giungeva il buio le porte si chiudevano e non un'anima si aggirava alla luce dei pochi lampioni. Specialmente quando cominciò a fare freddo. Nel suo Paese invece, ricordava Lyubov, la gente si salutava quando s'incontrava, l'ospitalità era sacra e le porte aperte per chiunque: si era sempre pronti ad aiutare un viandante bisognoso.

Tuttavia in quel momento la riservatezza della gente alpina le stava bene.

Un nuovo inverno bussò dunque prestissimo alle porte dell'autunno. Venne anche la neve, il cui candore ricordava l'incontaminata bellezza della gelida steppa intorno a casa. Mancava da quasi un anno, ormai. Ora la ragazza avrebbe voluto tornare. Ma non era possibile. I suoi vecchi la credevano felice e anche loro erano felici. Ricevevano dei soldi ogni tanto, vivevano un po' meglio, questo era sufficiente. E il tempo cominciò a scorrere più veloce.

Era quasi il Natale dei cristiani, quando la ragazza si rese finalmente conto di un problema di donna. Non rammentava più quando era stato l'ultimo mese... I ricordi, per quanto si sforzasse di andare oltre, restavano ancorati alla sera della violenza. Negli occhi, fisso, un unico fotogramma, quello di un cielo straripante di stelle. Gli algidi astri di maggio avevano assistito impotenti allo scempio del suo corpo, mentre il suo sguardo spento, a loro inchiodato per non vedere altro, implorava in silenzio l'aiuto che non le potevano dare. Sola, abbandonata sul ciglio della strada, ferita e pestata, morta dentro, dopo che il padrone ebbe finito di punirla. Si era lamentato di lei e del "lavoro" che le aveva procurato, ma che, diceva, gli portava poco guadagno; l'aveva definita "scansafatiche di una puttana" e aveva urlato come un ossesso, promettendo che l'avrebbe ricondotta alla ragione. Si era fatto aiutare da tre amici, il vigliacco. La tennero ferma, la picchiarono, sfogarono su di lei istinti che neppure le bestie coltivano. Carne da macello, niente di più. Sopravvisse solo per la remissiva ma indomita volontà del popolo cui apparteneva: andare avanti, sempre, superare gli ostacoli, la vita non è facile ma è un dono del Signore.

Da quella volta, la mente aveva rifiutato di considerarsi donna. Quando la ragazza si era resa conto dell'assenza del ciclo mensile era passato già del tempo ma se ne preoccupò relativamente. Aveva da lavorare. Non voleva più rivivere intenzionalmente quei momenti, che già le torturavano crudelmente la memoria e le notti. Inghiottì i ricordi. Li nascose. Li ridusse a un segreto da dimenticare.

Si dedicò con più accanimento al vegetale che innaffiava, accudiva, cambiava e spostava seguendo il sole, quasi fosse la sua vecchia madre. Le parlava, un po' in italiano e tanto in ucraino, ma sempre con dolcezza. Unico fine, mantenere il lavoro onesto, guadagnare e aiutare i suoi. Dimenticare gli ultimi mesi. Dimenticare tutto. Magari tornare a casa, prima o poi.

Tuttavia, principessa, arriva il momento che non puoi più negare l'evidenza. La pancia cresceva, la schiena doleva, il seno si riempiva di latte per il giorno in cui…

Lyubov interruppe il racconto. La neonata, tra le sue braccia, sembrava essersi quietata alle parole cantilenate con fatica, e intanto succhiava il mignolo della mamma a mo' di ciucciotto. La consapevolezza di diventare madre a breve aveva oltrepassato le difese della donna solo da poche settimane. Fino ad allora aveva sempre negato tutti i segnali. In quanto alla gente, aveva pochi contatti con le altre persone, per le quali era ancora una volta "l'ucraina", o, più genericamente, la badante russa della Maria.

Termini che in qualche modo la spogliavano della propria identità tanto come quando era sulla strada. Non c'era chi la conoscesse per nome, in paese. Era sola, e voleva continuare a esserlo. Fingeva perfino di non parlare bene la lingua. Dall'istante in cui aveva realizzato la verità, ne aveva fatto un altro segreto da custodire nel profondo.

La costituzione robusta aveva mimetizzato fino all'ultimo il gonfiore del ventre. Si era aiutata anche con abiti larghi e cappotti, fuori moda ma avvolgenti. Andava a fare la spesa, usciva il minimo indispensabile e nascondeva il passo lento e affaticato della gestante con una marcia impettita.

Ma infine non poté più mentirsi addosso.

Lyubov non era riuscita ad essere felice quando aveva dovuto ammettere l'evidenza. No, se pensava a come era stata concepita quella creatura. No, se si metteva a considerare il nascituro come una difficoltà in più. Come avrebbe potuto badare alla vecchia e anche al neonato? Chi l'avrebbe aiutata dopo che aveva taciuto così a lungo? Se perdeva il lavoro non avrebbe potuto più mantenere i suoi vecchi. E se anche non lo avesse perso, doveva pur assicurare il necessario al bambino, dargli da mangiare, vestirlo, risolvere ogni sua esigenza di piccolo inconsapevole tiranno. Da sola non ce l'avrebbe mai fatta.

Era convinta, infatti, di dover contare solo sulle proprie forze. Non le venne in mente che le assistenti sociali avrebbero potuto esserle d'aiuto, come già una volta in quel centro che l'aveva strappata al marciapiedi e alle botte. Temeva che le avrebbero causato difficoltà, non si fidava neppure di loro. Era cieca, irrazionale, un animale spaventato.

La paura di tornare sulla strada po' alla volta le aveva fatto perdere la ragione, né l'aiutava il sano istinto della sua gente e l'altruismo cui era stata educata. Folli visioni le popolavano i pensieri giorno e notte, dentro l'immutata apparenza dolce e servizievole che presentava all'esterno.

Divenne una brava attrice, seppe mantenere il riserbo sulla sua condizione di gravida senza farlo trapelare. Continuava a lavorare duramente, spostava la quercia di qua e di là, nascondendo la fatica, badava alla casa come fosse la propria. Nemmeno un pensiero lieto accompagnava la venuta del figlio che aveva in grembo. Non cercò di procurare vestitini e biberon, non si chiese se fosse maschio o femmina, e non pensò neppure di trovare un nome. L'importante era che non si venisse a conoscenza di quella "cosa" che cresceva e si muoveva dentro di lei. Ogni tanto sobbalzava ad un calcione, e talvolta si piegava in due dal dolore, le gambe gonfie a volte non la reggevano, ma la signora Maria non dava segno di accorgersene. Il suo limbo paralizzato non contemplava altro che l'inseguimento del sole. E altri, in fondo, non c'erano cui dare conto.

Cosa sarebbe accaduto al momento del parto, e dopo, non era un problema per Lyubov, che semplicemente non se lo chiedeva, persa nella fatica di nascondersi.

Le doglie l'avevano colta di sorpresa. Aveva appena spostato la signora Maria contro una finestra piena di sole. Il riverbero sull'ultima neve di febbraio era accecante, la giornata azzurra e serena preannunciava la primavera e il risveglio. La quercia non era infastidita dalla luce e non aveva dato alcun segno di essersi accorta del grido soffocato di Lyubov alla prima contrazione forte. Quando aveva perso le acque la partoriente, con freddezza, si era lavata e asciugata e aveva fatto finta di niente. Ma quando il dolore era stato insopportabile, si era rifugiata in camera. Con un fazzoletto tra i denti per non gridare, per non richiamare l'attenzione dei vicini. Una coppia di mezza età abitava nella villetta accanto alla casa della signora Maria. Fra loro niente di più che un saluto formale, buongiorno e buonasera, ma per lo meno erano più gentili di altri e di sicuro sarebbero accorsi sentendo il trambusto.

Aveva cercato di non spingere, di trattenere l'inganno che stava per essere rivelato, d'impedire che la propria esistenza venisse sconvolta per colpa di quei porci che affollavano ancora i suoi incubi. Ma niente arresta la vita che vuole nascere. E la vita, sull'onda di un dolore indescrivibile, era arrivata sul tappeto ai piedi del letto, già abbondantemente sporco di sangue come quasi ogni cosa nella stanza.

Era femmina.

Una principessa.

Una forza sconosciuta aveva guidato Lyubov a eseguire, pur stremata, i gesti fondamentali che aiutano la creatura a emettere il primo respiro vitale.

La tenerezza l'aveva devastata, in modo del tutto imprevisto, quando aveva stretto al seno la figlia. Nonostante il rigetto, nonostante fosse figlia anche del diavolo, era sua, ed era così piccola… Aveva provato a raccontarle una storia, con tutta la dolcezza che le era possibile nonostante lo sfinimento. Perché non piangesse. Non doveva piangere, non doveva farsi sentire, era un segreto da non condividere! Ma la piccola dopo un po' riprese a vagire forte, anzi, a urlare, quasi che svelare l'arcano, farsi vedere e conoscere, fosse la sua unica missione sul pianeta terra.

Lyubov la prese in braccio, la cullò, le cantò ancora quella ninna-nanna di cui ricordava a stento le parole. Dietro lei, nella stanza, una scia di sangue, mentre camminava a fatica dal letto alla finestra chiusa, dalla finestra alla porta chiusa, dalla porta al suo mondo chiuso. Pur nell'alienazione, stranamente calma e distaccata, fece caso ad una borsa di plastica poggiata su una sedia, di quelle che si usano per la spesa. Non ricordava perché fosse lì, in camera, forse aveva contenuto degli indumenti, chissà. Sempre ninnandola ripose la figlia, ancora nuda, tremante e sporca com'era, nella borsa, poi fece un nodo con i due capi che fungevano da manici. E strinse bene, strinse, e stringendo non riconosceva più dove fosse la testolina, mentre braccia e gambe, pur così microscopiche, si agitavano rabbiosamente dentro il nylon. Abbracciò il fagotto stretto stretto. Il segreto che non avrebbe mai rivelato sarebbe finito tra i rifiuti del cassonetto e della sua coscienza. Serrò forte al petto quella cosa che si muoveva sempre meno e che finalmente non urlava più. Non smise mai di canticchiare la ninna-nanna. Poi si avviò verso la porta. E lì crollò.

La trovarono in una pozza di sangue, ancora viva. I vicini, insospettiti dal fatto che al calar della sera la casa fosse ancora tutta buia e scorgendo la sagoma della Maria ancora dietro ad una finestra, si preoccuparono non poco. Bussarono e bussarono, nessuno apriva. Chiamarono aiuto e sfondarono la porta. La signora Maria, le spalle rivolte a quanto accadeva nell'altra stanza, piangeva di un pianto lento e inarrestabile. Lacrime copiose, sorprendenti per una vecchia quercia assente dal mondo da anni, scavano rughe nuove e dolorose. E la sua voce, muta al mondo da tanto tempo, gracchiava, strideva, cercava invano di farsi strada, di spiegare, di capire. Perché lei aveva compreso.

IL POSTINO CHE SOMIGLIAVA
A RAOUL BOVA

Il postino che assomigliava a Raoul Bova fece la sua comparsa in paese un fresco mattino d'inizio primavera. Diciamo pure che era di marzo, il 21 marzo, il giorno che apriva ufficialmente le porte alla stagione più gentile dell'anno.

In principio passò inosservato. La gente era tutta presa dal tiepido solicello che, da timido e pallido che era stato durante l'inverno, ora si faceva sempre più sfacciato e caldo. È sempre così nelle zone mediterranee: il calore climatico è precoce, quello delle popolazioni stabile tutto l'anno.

Dunque le cinquemila anime del paese cominciavano a passare più tempo del solito fuori di casa. Chi aveva il giardino, chi le galline, chi solo la comare della porta accanto, o il bambino da portare a scuola, tutti si svegliavano prima del solito e uscivano a godersi il più possibile i raggi amici e benefici. L'umidità invernale aveva lasciato il segno sulle ossa, che ora reclamavano il diritto di asciugarsi senza scottarsi, come invece sarebbe avvenuto di lì a qualche mese.

L'interesse spasmodico al clima distoglieva un po' l'attenzione dai concreti fatti quotidiani. Per qualche tempo nessuno si accorse che il postino era cambiato. Sì, lo si vedeva passare sullo scooter delle POSTE ITALIANE, ma aveva il casco regolamentare e la giacca a vento d'ordinanza, quella leggera. Più che una divisa, una mimetica. Difficile cogliere le eventuali novità. I postini poi in paese erano tre: uno per il centro, uno per la periferia, uno per le case sparse, le masserie e i luoghi più isolati che qualche anima pia aveva agglomerato, sulle carte, al paese stesso. Tutti e tre i postini, con il giubbotto e il casco e l'identico motociclo, sembravano gemelli, o almeno la medesima persona. I bravi compaesani però li conoscevano per nome, tanto che all'occorrenza avrebbero saputo spettegolare onestamente anche su di loro, come su di ogni altro abitante del posto.

Si sapeva per esempio che Gigi a breve avrebbe potuto pensionarsi, ma era restio. Del resto a casa non avrebbe avuto nessuno che gli facesse compagnia. Era vedovo, senza figli e senza grilli per la testa. In pensione sarebbe finito male.

Pierino invece di figli ne aveva sei e lavorava come un matto per mantenerli. Il più piccolo aveva dieci mesi, la più grande quindici anni. L'orario solo mattutino delle Poste gli consentiva di svolgere, nel pomeriggio, un secondo lavoro a nero, ma redditizio, come meccanico. Era bravo, non si risparmiava e se la mattina aveva ancora le unghie sporche di grasso, magari anche i polpastrelli, e le buste che distribuiva rimanevano macchiate, era perdonato.

Rimaneva poi Pino, che di tutti e tre era il più riconoscibile, per lo meno se visto da vicino, perché dotato di un bel paio di baffoni rossi. Era rosso anche in viso, gioviale, sempre con il sorriso e la battuta pronta. Era quello che di solito faceva servizio nella periferia. Tutti e tre i postini però erano intercambiabili, al bisogno si scambiavano le zone senza problemi.

Il 21 marzo dunque recò una novità, nelle vesti di un postino che somigliava a Raoul Bova, ma tale novità fu scoperta solo dopo una settimana, quando una raccomandata costrinse un'emerita cittadina a prendere atto dell'insolita presenza.

Quella mattina Maria Assunta non era propriamente in forma. A dirla tutta aveva un vero diavolo per capello. Non c'era un motivo al mondo per sentirsi così, o forse ce n'erano tanti, chi lo sa. Fatto sta che si era alzata già nervosa dopo una nottataccia in cui il marito Tonio aveva russato più del solito infastidendola. Poi lei, chissà perché, aveva deciso di pesarsi sulla bilancia da camera e per poco non le era venuto un infarto. Era ingrassata di otto chili dall'ultima volta, più o meno tre mesi prima. Ecco perché la cintura della vestaglia la soffocava, le gonne stringevano e alle camicette saltavano i bottoni. No, non era stata un'idea felice quella di posare la sua massa corporea sulla povera bilancina. Niente di peggio per far imbufalire una donna che costringerla a fare i conti con un peso ingombrante. Specialmente se la donna in questione aveva superato gli "anta" da un pezzo, con qualche fatica ad accettarlo, e non aveva chiuso occhio per tutta la notte a causa del concerto dato dal marito. Arrabbiata con il mondo intero spedì bruscamente il consorte a guadagnarsi il pane, il figlio dodicenne a scuola, si rifiutò di lavarsi e vestirsi e restò sola in casa. A rimuginare sulle congiure contro di lei, a meditare il suicidio, a cercare la voglia di sbrigare le quotidiane faccende domestiche. Alle dieci del mattino era ancora così, seduta sul divano del salotto, le mani in mano, spettinata e in vestaglia. Suonarono alla porta. Due volte. Il classico preavviso del postino. Dopo un primo sobbalzo si rassicurò: era Gigi di certo, ed andò ad aprire senza preoccuparsi del proprio aspetto. Gigi la conosceva da quando era bambina, non si sarebbe sorpreso né avrebbe commentato. Ma quando aprì la porta, Maria Assunta ebbe il secondo shock della giornata. Sotto il casco del postino non trovò lo sguardo serio e riservato di Gigi, ma neanche i baffi allegri di Pino né gli occhi azzurri di Pierino. Sotto il casco c'erano due occhi verdi da gatto, dal taglio allungato, sotto ciglia nerissime, e più giù due file di denti candidi e regolari disposti a sorriso. Una visione mozzafiato così, di prima mattina. Quello era Raoul Bova, santo cielo! Maria Assunta ne era certa perché lo adorava, aveva visto tutti i suoi film, che collezionava in DVD, e non perdeva un programma Tv che lo ospitava. Ma sull'istante perse la parola e la facoltà di muoversi. Il postino, paziente, allungò una busta verso di lei, insieme ad un blocchetto e alla penna per firmare la ricevuta.

"È una raccomandata signora, deve firmare qui".

L'incanto si spezzò. La voce, dall'accento pesantemente nordico, forse veneto, rivelò che non poteva trattarsi di Bova, che invece parlava con una lievissima cadenza romanesca. Ciò non toglieva che il fascino fosse il medesimo. Come un automa Maria Assunta firmò, ritirò la raccomandata e maledicendosi per non essersi resa presentabile rimase per un pezzo sulla porta a rimirare quel che restava dell'evanescente filo di fumo lasciato dallo scooter di Raoul Bova. Negli occhi quello splendido sorriso, fino allora ritenuto unico al mondo.

Quando si riscosse, dimenticò anche di guardare il contenuto della raccomandata. Per sua fortuna, perché non ne sarebbe stata contenta: si trattava di un'ingiunzione del fisco a pagare una cifra assurda, una cartella pazza, tanto di moda in quel periodo. Avrebbe avuto tempo di arrabbiarsi, ora doveva fare un'altra cosa. E cioè telefonare alla Concetta.

Erano amiche dall'età dello sviluppo, peraltro precocissimo in entrambe. Sia pure con qualche rivalità, qualche litigata epocale e altrettante eclatanti rappacificazioni, la loro amicizia durava da più di tre decenni. La Concetta si vantava di sapere sempre tutto di tutti, ma stavolta Maria Assunta sapeva di fregarla. Di certo non era ancora a conoscenza di Raoul Bova, non avrebbe resistito a tenere per sé una simile notizia. La chiamò, le spiegò tutta la faccenda e dall'altra parte del filo rispose solo il silenzio. Gliel'aveva proprio fatta.

Ma a recuperare il tempo perduto ci volle un attimo. Grazie al magico tam tam paesano, tutti seppero in meno di niente che Raoul Bova, o un suo sconosciuto gemello, faceva il postino per loro.

Ebbe inizio una gara collettiva, specialmente da parte del gentil sesso, manco a dirlo, a chi aspettava la posta con le palpitazioni più forti. Divenne un vero gioco, delizioso e straziante, mettersi di vedetta per vedere arrivare il casco, la giacca a vento e il motorino con i colori giallo e blu delle poste. Il più delle volte, com'era giusto che fosse, da sotto il casco comparivano Gigi o Pino o Pierino. Però capitava talora che spuntassero quegli occhi da gatto, quel nasino delizioso, quelle labbra carnose (chissà che morbide!) e quelle due file di perle bianche che occupavano il posto dei denti. Allora erano quasi svenimenti. La Titina era riuscita a sfiorargli una mano nel ricevere la corrispondenza che lui le porgeva.

Emozionata, per una settimana non lavò più la propria e fece morire d'invidia le altre signore. Le quali non tardarono ad organizzarsi. Se bisognava toccare il ragazzo per provare un'emozione e suscitare gelosie, ebbene, così sarebbe stato.

Complice la stagione calda, il giovane postino aveva già provveduto in parte ad alleggerirsi da sé. Ora portava un gilet giallo fluorescente sopra magliette aderenti a manica corta. Due braccia muscolose e invitanti, un torace ampio e accogliente e, s'indovinava sotto il gilet, addominali come Dio comanda. Per non parlare delle gambe fasciate nei jeans, che, stringendo il motorino in una morsa, facevano sognare altri tipi di prese.

Non si poteva resistere.

Tutte le donne del paese si facevano trovare nei pressi della cassetta delle lettere per farsi consegnare la posta in mano. E tutte allungavano dita rapaci verso quelle spalle, quelle braccia, quelle mani eleganti. Ed erano sospiri e brividi e rabbia se posta non ce n'era. O se il postino non era quello giusto.

Bello era bello. Come il vero Raoul, o anche di più, perché il postino era reale e palpabile e non un'astratta figura digitale. Chissà chi era, da dove veniva.

Non era mancata la migrazione verso l'ufficio postale. Prima o poi, a seconda dei riflessi, tutte quante erano andate a caccia d'informazioni. Le vecchie con la scusa di ritirare la pensione, le più giovani con quella di pagare bollette, le segretarie con quella di fare raccomandate.

Ognuna chiedeva allo sportello, con fare indifferente, chi fosse il postino nuovo, quello che ricordava vagamente il bel tipo visto al cinema, come si chiamava?... Bova? Sì, quello lì. Ma la risposta era sempre la stessa.

"Non possiamo dare informazioni sui nostri dipendenti. Questione di privacy".

Insomma, sembrava sbucato dal nulla. Inutile anche tentare di attaccare bottone. Più di un sorriso (splendido) non si riusciva a ottenere.

Giulia fu la prima a passare al contrattacco. A quasi cinquant'anni era ancora zitella, ma pur sempre una femmina piacente e per nulla timida. Decise che poteva togliersi uno sfizio. Annunciò pubblicamente che avrebbe attirato in casa il postino per offrirgli un caffè. Se son rose, fioriranno, sentenziò convinta. Giusto. E se lo faceva Giulia, potevano farlo anche le altre.

Così il povero postino cominciò a essere letteralmente sequestrato ogni volta che si avvicinava ad una porta recando pacchi e riviste, buste e cartoline e ad aprire era una gentile signora o signorina. Velocissimamente la porta si richiudeva alle sue spalle e gli veniva offerto di tutto: dal caffè ai pasticcini, dal limoncello agli antipasti. Qualsiasi cosa, per poterlo trattenere in un tentativo di seduzione sempre più audace. Lui rifiutava gentilmente tutte le volte e non si fermava, lo sguardo sornione e intrigante a cercare la maniglia della porta, le labbra da baciare dischiuse al sorriso. Imparziale, era un NO per tutte, belle e brutte.

Si avvicinava il solstizio d'estate, il caldo si era ormai impiantato stabilmente in paese, che, pur essendo vicino al mare, non lo era abbastanza da riceverne il refrigerio. Anzi, la presenza del postino che somigliava a Raoul Bova faceva ribollire maggiormente corpi e anime. I corpi delle femmine in calore e le anime avvilite dei maschi. Si era perfino rotto un fidanzamento e altri matrimoni scricchiolavano.

Il fidanzamento infranto era quello della Santina. Brava ragazza, da sette anni era impegnata con Francesco, studente all'ultimo anno di ingegneria a Torino. Per tutto il tempo che erano stati lontani si erano sentiti ogni giorno al telefono e mandato sms più volte al giorno. Ma più di tutto erano volate le lettere. Francesco era un grafomane convinto, le scriveva un giorno sì e uno no, a scadenze un po' pedanti e prevedibili. La Santina innamorata aspettava le missive sempre con il cuore in gola; le sembrava, leggendole, che il suo Francesco le sussurrasse accanto. Ahimè, il presunto Bova ci mise involontariamente la coda. Perché Santina innamorata forse lo era, ma di certo non era cieca e cadde anche lei vittima del fascino del bel tenebroso. Se ne rese conto quando capì che se spiava con il batticuore da dietro la tenda l'arrivo del postino non era tanto perché attendeva le ormai scontate lettere del fidanzato, quanto piuttosto per vedere il latore delle stesse. Che del resto non era sempre in servizio. Il più delle volte era Gigi, il titolare. Vuoi mettere però l'emozione d'indovinare: sarà lui o no, oggi? Mi parlerà, mi sorriderà? Lo aspetterò in giardino e lo saluterò e…

… E via di seguito, con il cuore a mille come un'adolescente. Come con Francesco non le capitava più. Francesco era troppo lontano e del tutto insignificante. Per onestà gli scrisse che si sarebbe presa una pausa di riflessione, che non stesse più a telefonarle, ma che, per carità, continuasse pure a scriverle di qualsiasi cosa, per mantenere i contatti e l'amicizia. E per garantire il transito del postino verso casa sua. Ma questo non glielo disse.

E gli uomini del paese? Gli orgogliosi maschi erano ormai stufi di vedere mogli, compagne, figlie, dai 14 ai 75 anni andare in deliquio e sbavare per un postino qualsiasi. C'era stata perfino chi si era spedita delle false raccomandate solo per firmare la ricevuta e sperare di avere per sé qualche manciata di secondo in più delle altre. Sempre sperando che lui fosse di turno. Ma neanche fosse stato uno sceicco arabo su un cavallo bianco! Almeno quello avrebbe avuto il petrolio, sarebbe valsa la pena perfino di prestargli la moglie per avere in cambio un fusto di cara, carissima benzina, ormai intoccabile con tutti i ritocchi e ritocchini al prezzo alla pompa. Trattandosi però di un pischello qualsiasi, ritenendo di poter combattere ad armi pari, si strinse un'alleanza fra tutti loro. Si aggregarono anche i postini legittimi, seccati alquanto dal vedere comparire maschere di delusione su ogni viso tutte le volte che cercavano di svolgere semplicemente il loro dovere. Il fatale collega era un mistero anche per loro. Non erano mai riusciti a scambiare due chiacchiere con lui, né a bere il caffè insieme al bar. Era più sfuggente di Belfagor.

Mentre volavano piani più o meno realizzabili, progetti più o meno attuabili per neutralizzare il rivale, e mentre tutti i cuori femminili battevano ormai all'unisono per l'uomo del mistero, il dipanarsi inesorabile del tempo portò alla conclusione l'intera vicenda.

Il 2 di luglio, festa del patrono San Bernardino, fu indetta la consueta sagra con bancarelle di dolci e frutta, banda musicale, fuochi d'artificio e processione del santo. Il fatto anomalo consisté nel sorgere imprevisto di un palco in mezzo alla piazza e nell'arrivo di macchine e furgoni forestieri. Un furgoncino bianco portava l'insegna della RAI.

La curiosità divampava. Si pensò che la RAI volesse inserire in qualche suo programma, magari Super Quark o Geo&Geo, le tradizioni popolari. In paese erano tutti fieri delle origini comuni, delle antiche usanze mantenute nei secoli, di balli più o meno tarantolati e costumi tipici. A nessuno venne in mente che potesse trattarsi di qualcos'altro.

Nella serata del 2 luglio, dunque, mentre la festa

impazzava e lo scirocco rendeva difficile anche solo il respirare, il mistero del postino venne infine svelato. Il sindaco, con la fascia tricolore su un'elegantissima camicia bianca, salì sul palco, interruppe un difficile passaggio musicale nel pezzo che la banda stava suonando e parlò.

"Illustri concittadini, siamo qui riuniti…".

Insomma, le solite frasi di circostanza. Se non che di colpo il discorso virò verso un'inaspettata direzione. Il sindaco stava spiegando che il paese aveva avuto l'onore di essere stato scelto per un programma della RAI sulle candid camera. Di certo tutti loro avevano riso nel vedere scene di persone che, non sapendo di essere ripresi da una telecamera nascosta, ne combinavano o dicevano di tutti i colori. Ma che ci azzeccava la candid con un paese tranquillo come il loro?

"… Ed è grazie alla presenza di un grande del cinema che ciò è stato possibile. Signore e signori, tutti voi lo avrete notato, in questi ultimi mesi, nelle vesti di postino, ma ora ve lo presentiamo dal vivo: ecco a voi il grande Raoul Bova!!".

E nel trionfo dei riflettori e il mutismo generale comparve il postino, colui che per più di tre mesi aveva movimentato la sonnacchiosa vita paesana. Indossava il gilet giallo con la scritta blu "Poste" e in mano reggeva il casco. Era proprio lui. Sorrideva, bello come un dio e altrettanto irraggiungibile. Un'intera popolazione, stregata, stette ad ascoltare, incredula, come si erano svolti i fatti.

In breve, tutta la cittadinanza era stata oggetto di candid camera. Nel casco del postino era nascosta una microcamera che registrava, impietosa, le reazioni della gente comune quando si trovava di fronte a una celebrità e non era sicura che questa lo fosse per davvero. I filmati erano stati molto buoni, divertentissimi, tanto che la produzione, dopo i primi, aveva prolungato le riprese molto più del necessario. E così, grazie a tutti loro, un anonimo paese della provincia meridionale sarebbe salito alla ribalta. Tutti lo avrebbero conosciuto come il paese dove Bova aveva fatto il postino per un serissimo scherzo e loro sarebbero diventati famosi.

Già, sarebbero stati sbeffeggiati e derisi da tutta l'Italia. Questo fu il primo pensiero, e anche l'unico per la verità, che serpeggiò nella folla immobile e ammutolita. I ricordi si accavallarono in un crudele flash simultaneo.

Maria Assunta si rivide quel primo giorno in vestaglia, sciatta e appesantita. Che orrore! Se avesse saputo della telecamera si sarebbe almeno presentata truccata e ingioiellata come lei sola sapeva fare.

A Giulia, e come lei a tante altre, vennero in mente i patetici tentativi di seduzione, gli inviti maliziosi, gli sfioramenti arditi. Sarebbe sembrata una donnaccia, in TV?

E la Santina tutto d'un tratto pensò a Francesco, con un'imprevista nostalgia e un pesante senso di colpa. Non gli aveva mai confessato la verità, e ora l'avrebbe saputa così, brutalmente.

Neppure gli uomini restarono indifferenti: cosa avrebbero detto di loro i maschi italiani? Che non erano capaci di conquistare le proprie donne, le quali si lasciavano irretire dal primo bamboccio celebre che passava per di là?

No, era inaccettabile.

Il sindaco era un po' sconcertato. Si sarebbe aspettato un'ovazione, l'entusiasmo più totale da parte dei suoi concittadini e invece era sceso un silenzio che raggelava anche lo scirocco. Mentre Raoul, da parte sua, risplendeva di luce propria e continuava a sorridere, aspettando che gli dessero la parola per ringraziare tutta quella brava gente. Il silenzio non lo impressionò. Capiva che era uno shock per tutti. Il sindaco ora stava per dire che, grazie alla legge sulla privacy, chi non voleva finire in televisione poteva negare il consenso alla trasmissione delle scene che lo riguardavano. Non fece in tempo. Volò, nel fitto silenzio, un pomodoro maturo, di quelli giusti per fare la salsa, e lo centrò sulla camicia immacolata, in pieno petto. Quasi fosse stato un segnale, si librarono in volo frutti di stagione altrettanto maturi: pesche e albicocche, fichi e perfino fichidindia, miracolosamente pelati e perciò senza spine. Tutti all'indirizzo del primo cittadino. Volarono cicoriette e melanzane (e queste ultime se centravano il bersaglio facevano anche male), gelsi e pomodori. Un intero supermercato di frutta e verdura sembrò riversarsi sul povero sindaco.

Qualcuno si precipitò addirittura a casa e prelevò le uova dal frigo per gettargliele addosso. È peccato che non puzzassero di marcio.

Raoul Bova, incredulo, non fu nemmeno sfiorato dal bombardamento. Le donne lo adoravano troppo, tanto più ora che sapevano che era l'originale: tutte stavano pensando di farsi risarcire in natura, per rimediare alle figuracce. E gli uomini non avevano il coraggio di toccare un vip. E se poi li avesse denunciati? Avendo i soldi tutti è possibile, anche aver ragione quando invece sei nel torto. Ma il sindaco, quello era uno di casa, e che andasse al diavolo. Non avrebbe potuto far arrestare tutto il paese. Meritava di essere coperto dal ridicolo, oltre che dalle verdure, sotto l'occhio imparziale di quelle stesse telecamere con cui avrebbe voluto far svergognare delle brave persone. Pan per focaccia, non si scherza con l'onore.

E così si concluse la festa del patrono, quell'anno. C'è da dire che tutto poi tornò alla normalità. Il programma non fu mai trasmesso in TV. Raoul Bova, quella sera, dopo il primo sgomento, fu colpito da un accesso d'ilarità che non riuscì a trattenere e che lo rese ancora più simpatico a tutti, compresi gli uomini, che cedettero alla sua sincerità. Qualcuno volle mettergli un pomodoro in mano, ma lui si scusò con gentilezza: non avrebbe potuto aggiungersi alla lapidazione, per quanto ecologica.

La calma rientrò, dopo qualche tempo, e fu come se niente fosse successo. Il sindaco si dimise seduta stante e si trasferì in un'altra provincia.

Le massaie del paese cullarono per molto tempo quel sogno impossibile che aveva riscaldato la loro vita monotona in una torrida estate.

Raoul Bova proseguì la propria brillante carriera e talvolta, quando il ricordo lo assaliva a tradimento, i suoi begli occhi verdi si riempivano di lacrime dal gran ridere, né riusciva a controllarsi, in qualunque situazione si trovasse.

Il consiglio comunale, all'unanimità, decise di rinominare la festa del patrono come la Sagra del Verduraio. E così rimase in seguito.

RENZO, LUCIA E IL PERDONO

Ciao, Lucia. Ti ricordi ancora di me? Sono Renzo, tuo marito. Quello che una volta è stato tuo marito.

Posso fermarmi? Lo so, da tanto tempo non venivo più a salutarti, a farti una carezza o a mandarti un bacio sulla punta di sole due dita, in quel gesto tipico che era solo nostro. Avresti tutte le ragioni per non voler vedermi mai più.

C'è gente, qui, non sono solo. Poche persone, stelle di lacrime negli occhi e in mano dei fiori, niente di più che piccole macchie di colore. Persone per cui una preghiera è una consolazione, che hanno dentro sempre, incessante, un pensiero per chi non è più.

C'è pace.

Il solo rumore che avverto è quello dei passi dei dolenti. Per quanto leggeri, fanno scricchiolare la sabbia, pesanti come i ricordi.

Aspetta, ora mi metto più comodo, voglio stare più vicino a te. Mi metto in ginocchio, ma mi sembra una posa troppo formale. Scelgo allora di sedermi sulla ghiaia bianca che ti circonda, letto scomodo che non puoi toccare. Il tuo viso sereno quasi mi sfiora. Mi sorride da quella foto e sorriderà per tutta un'eternità a chiunque si fermerà ad ammirarlo. Un piccolo angelo di marmo sembra benedire la nostra vicinanza. Mi ero dimenticato di lui, ma ora gli sono grato perché capisco che ti ha fatto compagnia in tutto questo tempo. Forse all'epoca lo avevo scelto di proposito, come se presentissi che non sarei più tornato. Avevo delegato a lui, inconsciamente, quanto sarebbe spettato a me.

Ho portato uno straccio, dell'acqua in una bottiglia di plastica e sapone liquido. Voglio ripulire il tuo bel viso e farlo risplendere, riportarlo alla luce originale, quella che ha sempre brillato dentro di te. Non sarà mai possibile restituirlo al calore e alla morbidezza della tua pelle: il marmo, per quanto pregiato, resta inesorabilmente freddo.

Sai perché sono qui, Lucia? Sì, lo sai, ma te lo dirò ugualmente. Dammi solo un minuto: da che sono qui, in questo posto che non visitavo da anni, mi sono tornate alla mente tante di quelle cose che mi sento stordito. Lasciami il tempo di ricompormi, di assaporare un passato che non può tornare, pezzi di storia, di vita. La nostra vita. Poi ti spiegherò. Ti spiegherò perché ora sento il bisogno di chiedere il tuo perdono.

Sono stato bravo, vedi. La foto ora ha perso la patina opaca di sporco e incuria e tu splendi come un faro nella notte. Il sole in declino ricava da te riflessi pieni di magia. Cosa mi sono perso, in tutti questi anni?... Ora pulirò anche il marmo della lapide e le scritte dorate che ho sempre odiato. Non tanto quelle che riportano il tuo nome, che pure mi appaiono prive di senso: se ne stanno lì, morte come sono, a indicare una presenza che era stata viva. Ma sono le altre che odio, i numeri, le cifre che compongono date scolpite anche dentro me. Due date che sanciscono un principio e una fine, ma non un inizio e una fine qualunque. Quei numeri stabiliscono la durata della tua giovane vita. Ancora adesso guardare e cercare di dare loro un significato mi fa male. Non sono che numeri, dopo tutto, all'interno dei quali è racchiusa una fetta di tempo, breve, già conclusa e archiviata. Una fetta di tempo di soli quarant'anni non è niente ai fini del cosmo. Solo per me era importante. Era la mia vita, oltre che la tua.

Di quel breve arco circoscritto in un'entità indefinita chiamata tempo, di quel breve arco di cui solo ora si conoscono i confini, tu eri a metà, quando ti ho conosciuta. Avevi solo vent'anni. Come me. Non eri mica bellissima, sai, voglio dire non una bomba sexy appariscente, una di quelle che annebbiano i sensi ai ragazzi un po' superficiali in piena tempesta ormonale. Non ti offendi se te lo ripeto ora, vero? Te lo dissi anche allora, e allora ne ridesti. In realtà avevi già capito che mi eri piaciuta subito. Istantaneamente. Per uno di quei misteri che fanno riconoscere tra tante due anime uguali. M'innamorai al primo sguardo. Eri piccolina, con una massa di capelli scuri arruffati e un fisico non proprio da sfilata di moda, piuttosto generoso e, come avrei scoperto, morbido come una nuvola. Però... i tuoi occhi. Profondi e ironici. Trapassavano l'anima di chi li sfidava. Come quelli di Circe operavano incantesimi. Ecco, la luce dell'intelligenza che risplendeva in quegli occhi mi aveva stregato da subito. E le pupille, mobilissime, inquiete, coglievano di certo particolari che ad altri sfuggivano. Con le tue movenze delicate, garbate, ti muovevi sinuosa come un leggero ed elegante felino. Ricordi che ti dissi anche questo? Subito, lì, sul terrazzo di quella stupenda villa sul lago dove si svolgeva una noiosissima festa. Te lo dichiarai non appena escogitai il pretesto per conoscerti. Un pretesto banale, che rischiò di etichettarmi per sempre come imbranato: fingendo d'inciampare (volevo solo urtarti), finii per rovesciarti addosso la mia bibita. Così, scusandomi affranto, paragonai me stesso a un ippopotamo e te alla pantera, perché non eri stata tu, con tanta eleganza, a provocare il misfatto, ma io, con la mia goffaggine. Tu eri il felino per eccellenza. Ridacchiasti, non t'importava del vestito. Come appurai in seguito eri dotata di un senso dell'umorismo straordinario. Con una delle tue occhiate intense, profonde, ti catapultasti al centro della mia coscienza, leggendovi il motivo del mio gesto insulso senza bisogno di parole. Ce ne andammo insieme subito dopo. La festa per noi era finita. Ne cominciava una nuova e molto più bella.

Non hai più fiori, qui... possibile che da queste parti non sia passata nemmeno un'anima pia disposta a commuoversi nel vedere la tomba di una giovane donna spoglia di tutto? Tanto da lasciare un fiore, impietosita dall'abbandono e dalla triste sorte? Ma proprio non dovrei parlare, hai ragione, non serve che mi arrabbi con chissà chi, ora. Io sì, ti ho volutamente abbandonata, preda di un rancore impossibile. Perché tu mi avevi lasciato per prima. E non sono mai stato capace di perdonartelo.

Aspetta, oggi te li ho portati io i fiori freschi. Freschi, umili e coloratissimi, come piacevano a te, che amavi la semplicità e l'allegria. Ho portato anche una pianta di rose, sai, di quelle piccole, che tanto ti affascinavano perché così perfette nella loro miniatura. Sono gialle, screziate di rosso. Metterò qui la pianta, nella terra accanto al tuo viso, perché ti regali per sempre il suo profumo.

La prima cosa curiosa che ci attrasse e cementò la nostra unione fu una comica serie di coincidenze. A partire dai nostri nomi: Renzo e Lucia, come i Promessi Sposi… E la nostra storia cominciò legata a un incontro sul lago, che non sarà stato quello di Como, ma a chi importava? Ridevamo come matti su questo, attendendo scherzando un don Rodrigo che si azzardasse a ostacolare il nostro amore. Quelle piccole, strane coincidenze, ci parvero un segno del destino. Ma se nel romanzo manzoniano il destino aveva complicato le vicende dei due giovani, all'inizio fu invece dolcissimo con noi.

Dolce come il nostro primo bacio, così naturale, così giusto!

Dolce come la nostra prima volta: due corpi in uno, una danza armoniosa ed esatta, come si ritrova solo nell'universo, nei percorsi precisi delle stelle.

Dolce come il giorno del matrimonio, con i cuori che scoppiavano così tanto di felicità da farci temere un malore.

Tutti i pezzi della storia combaciavano, gli ingranaggi giravano lisci in un perfetto incastro ben oliato, la macchina del destino lavorava per noi. O così credevamo.

Dicono che la felicità non esista, o che duri solo qualche attimo. Io so che non è così. Io ero felice con te e tu lo eri con me. Lo so, con la certezza del protagonista che racconta i fatti. La felicità era la pura alchimia della sostanza del nostro essere, fusione segreta di anime e corpi, viscere e spirito, che ci faceva dire e fare le stesse cose nello stesso istante.

Ricordi, per esempio, quando, separatamente, comprammo lo stesso libro da regalare all'altro per il compleanno? Compleanno che ricorreva nel medesimo giorno per entrambi, per un'altra coincidenza stupefacente. Eravamo nati lo stesso giorno dello stesso mese dello stesso anno. Gemelli siamesi. Ero io il più grande, di ben due ore! Ridemmo a crepapelle (con te si rideva sempre, eri la gioia di vivere fatta persona), quando ci scambiammo i regali di fronte alla nostra grande, unica, specialissima torta, che ogni anno ci concedevamo doppia, visto la doppia ricorrenza.

Te la ricordi, Lucia, la nostra felicità? Cominci ora a capire perché non ho mai potuto perdonarti per avermi abbandonato? Mi avevi privato del mio personale paradiso in terra, ero Adamo cacciato dall'Eden.

Tra un po' sarà buio. Quelle poche persone se ne sono già andate, senza più fiori, ma con ancora tutte le loro lacrime: impossibile spenderle tutte, non basta una vita. Non c'è stata una gran folla. In un mite, tardo pomeriggio di fine settembre non c'è mai una gran folla in un cimitero.

Ancora due parole, mentre faccio finta di riporre anch'io lo straccio, il detersivo, la bottiglia di plastica e il secchio che ho trovato vicino all'entrata e che ho portato fino qui. Il vaso è lucido, i fiori freschi danno vita e colore a questo posto, così triste che nemmeno la presenza dell'angelo di marmo, troppo immoto e pallido, rallegra.

Quanto mi sei mancata, Lucia.

Non abbiamo avuto figli. Piccolo neo su una gioia altrimenti perfetta. Tuttavia io e te ci bastavamo. Ci vedevamo invecchiare insieme, finire i nostri giorni in una casa di riposo, dove avremmo preteso una camera matrimoniale (hai visto mai, che anche in vecchiaia?....) e dove avremmo festeggiato insieme il secolo di vita. Ma non è andata affatto così.

A quarant'anni ti sei ammalata e non me lo hai detto. Io ti vedevo stanca, ti vedevo dimagrire, vomitare, ti esortavo ad andare dal medico. Tu mi tranquillizzavi, ci eri stata, dicevi, non era nulla di allarmante, un po' di stanchezza, d'indigestione... Invece facevi la chemio, di nascosto. A quel tempo io ero poco a casa, il lavoro di rappresentante mi portava a girare in lungo e in largo l'Italia. Tu ne approfittavi, ti curavi disperatamente, ostinatamente da sola. Non mi dicevi nulla, per non farmi spaventare, per non darmi un dolore. Credevi di poter guarire, di poter tornare a essere la moglie che amavo: allegra, solare, dotata di un'intelligente ironia che ti faceva così grande e unica. E di un amore immenso che sapevi di poter ancora regalare.

Ti ho trovata un giorno, rientrando da un viaggio, svenuta sul pavimento. Eri fredda, bianca, assente. Ti ho presa in braccio e non pesavi nulla. Solo in ospedale ho scoperto la verità. Ho cominciato allora a odiarti. Perché ti eri ammalata, perché non me lo avevi detto, perché mi avresti lasciato solo. No, non potevo perdonarti una cosa simile, da perfetto egoista immaturo che ero. Lo capisci? Tu eri il mio mondo, la mia stella polare di riferimento, il mio universo: quanto di più perfetto ci fosse nell'intero cosmo. E questo mondo di colpo alieno ora crollava, inghiottito dal buco nero delle tue bugie che, sebbene a fin di bene, non rimanevano che bugie.

Te ne sei andata tre giorni dopo, una mattina d'inverno come tante, mentre fuori nevicava e la tua pelle era più bianca della neve e il tuo corpo più leggero di quei fiocchi. E più freddo. Te ne sei andata mormorando "Perdonami". Te ne sei andata mentre cercavi di fissare per l'ultima volta quel tuo sguardo, che di profondo aveva ormai solo l'ombra della morte, nel mio sguardo sfuggente.

Ti ho sepolta qui, ti ho fatto fare un bel funerale. Tutti piangevano. Come si piange sempre, a prescindere, per una vita interrotta prematuramente. Mio Dio, avevi solo quarant'anni! Avresti potuto essere appena a metà del tuo ipotetico percorso. Di certo, metà della tua vita vissuta l'avevi divisa con me.

Io non piangevo, te n'eri accorta? O eri tanto presa dal viaggio verso la tua nuova destinazione che non mi comprendeva (non poteva comprendermi), da non farci caso? Non piangevo. Ero ferito, soffrivo da cani, ma non piangevo. Un veleno nel cuore, nei mille brandelli del mio cuore, m'impediva di lasciare spazio al nostro amore, a quello che ne restava, a quello che sarebbe sopravvissuto. Perché non potevo perdonare il tuo silenzio e l'abbandono, il troppo amore e la poca fiducia.

Sette anni sono trascorsi così, nel rancore, nell'ignoranza assoluta della parola perdono. Tanto che, dopo le prime volte, non sono più venuto a trovarti, nessun fiore ha addolcito la tua tomba.

Ora sono qui per implorarti di perdonare la mia mancanza di perdono. Ora ho capito molte cose.

È successo anche a me, Lucia.

Il destino, sempre lui, vuole che le coincidenze che ci hanno sempre legato siano indissolubili e condivise fino alla fine. Ora il malato sono io. Ho il tuo stesso male, quello che a sua volta non perdona. Non ha perdonato te e non perdonerà me. Ho cominciato la chemio, anch'io. Non l'ho detto a nessuno.

Da qualche tempo c'è una donna vicino a me. Mi si è avvicinata incurante del mio essere sgarbato, del malumore, del dolore. Mi si è avvicinata e io non l'ho respinta. Ma lei non è te, Lucia. Lascio che mi sia vicina, forse le voglio bene, ma lei non è te. Non le ho detto della malattia. Mi sono sorpreso a pensare che non volevo farla soffrire prima del necessario. Come dovevi aver pensato tu a suo tempo. In un attimo, un solo attimo, ho capito le tue ragioni, le mie stesse ragioni di oggi. E quando guardo questa donna e ammetto che mi dispiacerà lasciarla e farla soffrire con la mia dipartita, ripenso a te. Anche tu non volevi lasciarmi, non volevi abbandonarmi. Le tue mani aggrappate alle mie, in quella bianca mattina di gelo, lo gridavano. Non lo capii, mi sentii tradito e abbandonato e mai ti ho perdonata. Ora sì, ora che i miei minuti sono contati, centellinati, strappati alla morte uno per uno, ora ho capito. Ti chiedo, ancora, di perdonarmi per quella mancanza di perdono.

Perché tra poco sarò lì con te e non vorrei trovarti con il broncio. Non ti ha mai donato il broncio, e tu eri troppo ironica per mantenerlo a lungo senza riderne. Non avrò più rancori, voglio solo abbracciarti di nuovo, ritrovare la nostra unità perfetta. "Perdonami", hai sussurrato. Non avevi nulla da farti perdonare tesoro mio. Tu invece perdona me. Per favore. Perché il nostro ritrovarci sia ancora dolce, come il primo bacio, la prima volta, il giorno del sì! Perdonami se in questi sette anni, che non so se sono tanti o pochi lì dove sei tu, ti ho lasciata sola. Se alla tua tomba è mancato un fiore. Se sono stato un cretino.

Perdonami.

E aspettami.

Ecco, il sole se n'è andato a dormire. La sola luce qui intorno è quella dei lumini. Ti mando il solito bacio su sole due dita, quello solo nostro. Ora andrò via anch'io. Non so se sia stato il fruscio del vento, o delle anime di questo posto che al tramonto sgusciano fuori dalle loro gelide culle. O se sia stata la tua voce a suggerire. Il fatto è che mentre esco e chiudo il cancello alle mie spalle, so che cosa devo fare. Devo fare in modo che non ci sia, tra breve, un'altra persona che non riesca a perdonare. C'è una donna che deve sapere. C'è un amore che avrà il giusto tempo per lenire il dolore. Solo allora sarà capace di perdonare questa assurda, crudele partenza.

STAGIONI

La bambina guardava il mare. Con i piedi scalzi nell'acqua, i jeans arrotolati alle ginocchia, lo sguardo rivolto lontano. Cercava i delfini. Li aveva visti in televisione, sapeva che amavano giocare con gli esseri umani, per cui riteneva avrebbero gradito la compagnia di una bambina che nell'acqua si muoveva come loro. Il mare, però, rimaneva muto e insondabile.

Era una fresca mattina di primavera; il cielo terso, così celeste, ancora non riusciva a schiarire l'azzurro cupo del Mediterraneo, là dove l'acqua è più profonda. La bambina depose sulla spiaggia paletta e secchiello, pensierosa. Era stata la mamma a consigliarle di portarli, per giocare in quella domenica fuori porta, quasi ad anticipare la stagione più calda, ancora distante. Ma costruire castelli di sabbia non era così prioritario, in quel momento. La piccola si accoccolò sui piedini, indifferente all'acqua fredda, incurante di bagnarsi i jeans e continuò a guardare lontano. Il suo passato era troppo giovane per poter essere consultato. Il futuro enorme e assolutamente sconosciuto per essere preso in considerazione. La bambina viveva inconsapevole la propria primavera con una sola, meravigliosa speranza: che i delfini venissero a prenderla, che la facessero saltare sui loro simpatici nasi, ridendo insieme a lei senza alcun pensiero al mondo. E i delfini sarebbero venuti; forse non oggi, forse la prossima domenica, o l'altra ancora.

Il vento soffiava forte dal mare e portava a quelle attente orecchie una canzone misteriosa e incantevole. La bambina annuì seria, sempre rivolta all'estremo orizzonte. A perdita d'occhio, fin dove poteva arrivare lo sguardo, era tutto blu, eppure qualcosa si era mosso; non la corrente, non un oggetto alla deriva. Uno sbuffo bianco, che increspava appena l'azzurra monotonia; poteva essere foriero di novità piacevoli. Perché non crederci? La giornata stessa, così luminosa e trasparente, preannunciava tempi più caldi. Del resto con la mite stagione ogni cosa si apriva con ottimismo al periodo più bello, l'estate.

Come un fiore al primo sole la bimba sembrò sbocciare con entusiasmo, incontaminata, fresca, malandrina. Un sorriso furbo illuminò il bel visetto: logico che sarebbero venuti, i delfini, a giocare con lei, era così e basta! E intanto riprese la paletta, riempì il secchiello di fine sabbia dorata e corse lungo la riva, inseguendo le piccole onde e il grande sogno.

***

Faceva proprio caldo, accidenti! Luglio, il cuore dell'estate, era il mese preferito della ragazza, anche se quell'anno era quasi torrido. Non che le importasse più di tanto, anzi. In quel periodo il mare era splendido e i turisti non ancora moltissimi. Si poteva ancora godere il sole e il brodo caldo del mare senza sgomitare, senza l'affollamento esagerato del prossimo mese, senza contendersi con estranei ogni centimetro quadrato di paradiso.

Seduta sullo scoglio, sirena abbronzata e affascinante, la ragazza esibiva senza malizia la bellezza e il mistero dei vent'anni, in un ridotto bikini che attirava gli sguardi. E pensava. Rifletteva su quanto amasse quella grande distesa verde-azzurra, apparentemente senza fine. Avrebbe voluto fosse Oceano, per perdersi in esso. Invece era un semplice bacino, al di là del quale si intravedeva, nelle luminose giornate estive, l'ombra scura di una terra martoriata. Scacciò un pensiero triste rivolto a quella gente sofferente. Le dispiaceva molto per loro, ma aveva anche lei dei problemi. Si fece schermo con una mano per non restare accecata dall'abbagliante luce del mezzogiorno e trovò quello che cercava. Il bagnino era lo stesso dell'anno prima, uno schianto! Quello sì che era un problema: come catturare l'attenzione di uno splendido ragazzo circondato sempre e solo da un sacco di belle donne in topless.

Ogni estate si era alle solite: la temperatura bollente scaldava anche il sangue, e la vita sembrava essere fatta solo per divertirsi e per amare. Anche la ragazza ardeva: i mesi estivi erano la sua stagione, prendeva con avidità tutto quello che potevano offrire. Non le sarebbe rimasto che il ricordo, in futuro, per scaldare le tristi giornate invernali. Ed ecco allora le sere in spiaggia con i falò e i bagni a mezzanotte, nell'abbraccio caldo e sicuro del mare. Ma anche le mattinate pigre sotto il sole, la tintarella da extracomunitario, le lunghe nuotate al largo, esplorando i fondali e godendo delle esplosioni di colore delle profondità. A terra le cicale erano la sua colonna sonora e nemmeno la calura la intimoriva: i quaranta gradi all'ombra erano una sicurezza per una lucertolina come lei. Sì, l'estate era il centro della vita.

L'assalì una voglia improvvisa. Si alzò languidamente sullo scoglio e rimase per un attimo in piedi, nell'aria immobile. L'acqua verde, cristallina, sotto di lei la chiamava, invitante, fresca, rassicurante. Poteva vedere perfino i pesci e i piccoli abitanti della scogliera: granchi, cozze, qualche riccio. Si sentì una di loro. E finalmente si tolse la voglia. Si tuffò, mani in avanti, nell'acqua profonda. Non sollevò neanche uno spruzzo, e cerchi concentrici si richiusero sopra di lei.

***

Giornata grigia; nuvoloni neri coprivano il cielo, rendendo difficile ricordare che più su esisteva l'azzurro. Ogni tanto si rovesciava al suolo e in mare una bacinella d'acqua, ma minacciava di fare molto peggio. La donna sapeva che presto sarebbe arrivato il maltempo vero e proprio, umido, fastidioso, perfino pauroso, ma non se ne preoccupò. Continuò, invece, la passeggiata nei ricordi e sul lungomare.

Il mare rispecchiava il cupo umore del tardo autunno, che era anche quello della donna, nell'autunno della vita. Tutto combaciava: il grigio argento tra i capelli, una volta corvini, il grigio plumbeo del cielo, il grigio opaco nel mare, il grigio anonimo del bilancio della propria esistenza in quel momento. E ancora, mare mosso forza sette, vento furioso che spinge le nuvole ad accapigliarsi, cuore in tempesta.

Già, la sintonia era perfetta. Eppure, nonostante tutto, la donna non riusciva a trovare deprimente il paesaggio, neppure con la mareggiata. Era affascinata dalla potenza delle onde. Le sembrava quasi di scorgere il dio Nettuno in collera che agitava il tridente e provocava il caos. E quale dio, marino o terrestre, aveva causato il maremoto nella sua vita? Chi doveva ringraziare per essersi ritrovata a quasi cinquant'anni, a metà percorso, sola, senza affetti, con niente in mano? Il suo uomo non c'era più, e neanche un cane che la confortasse.

La brutta stagione avanzava, distruggendo i ricordi del calore di pochi mesi prima. Anche gli anni avanzavano inesorabili, cancellando dolci primavere ed estati vogliose. Avrebbe voluto fermare la pur inarrestabile corsa del tempo, il futuro le faceva paura, la vecchiaia la terrorizzava. Avrebbe voluto, anzi, aveva creduto, che per lei sarebbe stato sempre estate, sempre giovinezza, sempre amore, ma così non era. Come la cicala aveva vissuto con fiducia e leggerezza senza fare i conti con l'inverno, che già bussava alla porta reclamando il pedaggio. Ma era ancora autunno, sia pure avanzato, era ora di correre ai ripari. Avrebbe potuto offrirle qualcosa quell'autunno marino nella sua umida tristezza? Forse sì. Dal mare la donna aveva sempre tratto saggezza, conforto, qualche insegnamento: prudenza e abbandono, struggente malinconia o lieta poesia traboccante voglia di vivere. Anche adesso gli chiese aiuto. E il mare le suggerì ancora una volta.

La burrasca all'orizzonte faceva impressione, soprattutto

per come aveva sopraffatto improvvisamente la bonaccia. Ma certo, era proprio quello il suggerimento! Arrabbiarsi, tirar fuori la forza che covava dentro e ribellarsi. Ribellarsi alla solitudine, al destino, raccogliere con rinato orgoglio i cocci di un tramonto interiore e ricominciare daccapo. Anche il mare si rivoluzionava per aspetto e contenuti quando era così infuriato, poteva cambiare anche lei. E lo avrebbe fatto decise, sorridendo nel vento, che cominciava ad essere freddo.

***

Il mare d'inverno era stato da sempre oggetto di poesie, canzoni, quadri e quant'altro. Doveva avere un fascino universalmente riconosciuto, pensò l'anziana donna mentre scendeva al porto. Non era dunque la sola a crederlo. Faceva freddo; in gennaio la tramontana poteva essere davvero tagliente anche in riva al mare, dove in genere si crede che la temperatura sia più dolce. Lei aveva indossato il cappotto nero, lo stesso di trent'anni fa, e camminava lentamente, accompagnata dal bastone. Tra pochi giorni avrebbe compiuto novant'anni, ma non era certa di voler festeggiare quella ricorrenza, non in quel modo. L'indomani l'aspettavano in una casa di soggiorno, un ricovero per anziani come lei, troppo stanchi e soli per badare a se stessi. O così almeno avevano stabilito il Comune, gli assistenti sociali ed altri perfetti sconosciuti. Il problema era che la casa di soggiorno in questione era distante almeno trenta chilometri dal suo paese, nell'interno, dove lei non avrebbe potuto più sentire neanche l'odore del mare. Nossignori, non ci stava! Il mare era la sua vita, non potevano toglierglielo.

Si strinse ancora un po' nel cappotto per ripararsi dal freddo e si sistemò meglio la sciarpa grigia, fatta a mano quando ancora ci vedeva bene. Intanto aveva raggiunto e oltrepassato il porto, e si stava avviando lungo un molo spoglio di barche. Ormai erano pochi i piccoli pescatori che si avventuravano d'inverno al largo. Era vero che si doveva sopravvivere, ma la maggior parte cercava un impiego alternativo, o si offrivano come dipendenti presso i grossi pescherecci. Al momento non c'era anima vivente intorno, era ancora presto. Il gelido sole invernale era sorto da poco e faceva del suo meglio per ridare tepore a quelle latitudini tradizionalmente miti.

La vista dell'alba sul mare aveva accompagnato la donna per tutto il suo quasi secolo di vita, in tutte le stagioni, e lei ancora era meravigliata da tale splendore. Non potevano toglierle tutto questo, non era giusto. L'odore della salsedine era forte, salutare, lo aveva nel sangue. Negli occhi, che ormai vedevano così poco, il volo del gabbiano era chiaro, nitido, immutato da sempre. L'avrebbero uccisa allontanandola da lì.

Nessuno avrebbe avuto da lei una simile soddisfazione, pensò, sporgendosi un po' dall'estremità del molo, e gustando la carezza salata dell'aria, fredda, ma pulita. Guardò con affetto l'azzurro di fratello mare, il colore dominante di un'intera esistenza, tese le mani invocando un abbraccio. E il mare, con un'anomala, altissima ondata, l'abbracciò.

UN MANISCALCO A "LA FIORITA"

Michele quella mattina era contento. Di più: entusiasta. Era il suo primissimo giorno di lavoro e non vedeva l'ora di cominciare. Stava per realizzarsi il sogno di una vita. Michele infatti, seppur giovanissimo, appena ventunenne, era sempre stato molto determinato. Portava ancora i pannolini quando era rimasto affascinato dai cavalli e aveva deciso che da grande avrebbe lavorato con loro e per loro. Così si era prefissato un obiettivo e aveva fatto di tutto per raggiungerlo.

Oggi doveva recarsi appunto ad un maneggio: lo aspettava il suo primo, si presumeva interessante, incarico di maniscalco professionista. Saltò la colazione, troppo emozionato per mangiare, controllò per la milionesima volta di avere tutta l'attrezzatura pronta a bordo della sua vecchia familiare e partì deciso.

Il sole splendeva sorridente tra le cime delle Dolomiti, ancora imbiancate nonostante l'avvento ormai avanzato della primavera. Ogni cosa che vedeva lo invitava al buonumore: il verde dei prati, il giallo dei fiori di campo e il lucido turchese del cielo, finalmente sgombro di nuvole, in un'insolita tonalità accesa. Era piovuto per tre settimane di fila, come spesso accadeva in montagna, e che proprio quel giorno fosse tornato il sereno non poteva essere solo una coincidenza. Un autentico, fausto presagio. Nel frattempo era arrivato a destinazione. Fischiettando allegro, Michele parcheggiò vicino alle scuderie e cercò il titolare.

Il maneggio LA FIORITA era situato in una posizione strategica. Nato da un vecchio ritrovo per greggi e mandrie che venivano poi portati ai pascoli montani, il complesso era sorto in una splendida vallata di forma circolare, attorniata da boschi e sentieri che conducevano in quota con varie difficoltà tecniche. L'ideale per gli escursionisti, che fossero volenterosi camminatori, o più o meno esperti cavalieri, o, da qualche tempo, audaci mountain-bykers. Il tutto, a pochi chilometri dalla città. Arrivando a LA FIORITA, insomma, si rimaneva per un po' in contemplazione. Poi, guardandosi intorno, si notava il tondino per le lezioni ai principianti, uguale a quello d'ogni altro maneggio. Allargando ancora lo sguardo si scopriva un edificio che aveva l'aria di essere abitato, probabilmente dai proprietari, un'ampia scuderia, che ad occhio e croce poteva ospitare anche trenta cavalli e vari paddock recintati con filo elettrico, provvisti di tettoie e mangiatoie. Un paradiso anche per i cavalli. L'uomo invece poteva immergersi nel clima da vecchio West, dimenticando per un po' i guai cittadini.

Michele non aveva guai da dimenticare, ma, preso dall'ansia di sapere cosa esattamente si voleva da lui, non riuscì ancora ad apprezzare al meglio ciò che vedeva, né a rilassarsi, almeno fino a che non avesse parlato con il titolare.

In effetti, era stato contattato telefonicamente solo il giorno precedente. Era stato utile mettere l'inserzione sul giornale di annunci economici. La prima chiamata era stata immediata, anche se un po' vaga, ed ora aveva solo voglia di apprendere i dettagli per poi cominciare il lavoro. Si sentiva tranquillo e preparato. Aveva sgobbato duro alla scuola di mascalcia, sia nella pratica sia nella teoria.

Il proprietario del maneggio gli venne incontro. Il signor Gennaro racchiudeva in sé il connubio ideale di varie etnie. A cominciare dal nome, insolito per le alte quote, ma che coesisteva perfettamente con il resto della persona. Biondo, con gli occhi azzurri e le guance rubizze, tipico indigeno del Nord-Est, Gennaro aveva una gran pancia da bevitore e votava Lega Nord. Aveva ben poco di mediterraneo. Però non celava pregiudizi. Il look ricordava quello del gaucho: vecchi jeans, camicie a quadri, cappello a tese larghe, stivaloni da cow-boy. Aveva anche sposato un'americana con lontane origini Sioux, forse per caso, forse per sentirsi ancora di più un caballero.

Michele non si lasciò impressionare. Aveva sentito parlare di LA FIORITA e del suo proprietario; le bizzarrie di Gennaro erano leggendarie. Come saluto, si beccò una manata sulla spalla che per poco non lo demolì.

"Bene, ragazzo, ti stavamo aspettando. Vedremo che cosa sai fare.".

Tra un'imprecazione e una manata, il tutto molto amichevole, Michele riuscì a comprendere che quella sarebbe stata un'occasione molto importante di lavoro. Avrebbe dovuto controllare lo stato degli zoccoli di tutti i cavalli già in dotazione al maneggio: venti, più cinque pony. Tutti necessitavano sicuramente delle sue cure, come tagliare le unghie, rinnovare ferri ancora in buono stato o posizionarne di nuovi. Con la bella stagione presto il maneggio avrebbe lavorato a tempo pieno e gli animali dovevano essere pronti.

Felicità! C'era di che sudare per una settimana, ma Michele non chiedeva di meglio. Faticò a trattenere l'entusiasmo e con un tono suppergiù professionale si mise d'accordo sulle tariffe. Le quali furono superiori alle sue stesse aspettative e gli diedero una marcia in più. Il posto gli sembrò ancora più bello e il sole ancora più splendente.

Si mise subito all'opera. Scelto l'angolo più adatto, con la solennità di un anziano medico tirò fuori dall'asmatica station-wagon l'incudine, il martello, pinze, tenaglie, insomma tutto il necessario, la materia prima della sua professione, e cominciò.

Alla fine di quella prima giornata, era riuscito a bere solo due delle "ombrette" proposte dal capo, che, a badargli, gli avrebbe propinato un po' alla volta un'intera damigiana, e aveva sistemato sei cavalli. Non molti, è vero, ma in fondo era solo all'inizio, con l'allenamento avrebbe acquistato velocità. E poi, l'ultimo della serie, quel pony, era stato terribile! Vivacissimo e bizzoso, gli aveva fatto perdere un mucchio di tempo. Domani sarebbe andato meglio.

L'entusiasmo certo non gli venne meno i giorni successivi. L'ambiente era splendido, il tempo si manteneva al bello, il lavoro era quello che amava fare. I cavalli poi erano tutti docili, a parte quel pony. Per essere utilizzati anche da principianti, gli animali da maneggio devono essere affidabili, buoni di carattere, dotati d'infinita pazienza. Questi non facevano eccezione. Quasi tutti, quando passavano per le sue mani, voltavano il capo verso di lui per osservarlo mentre armeggiava con i ferri. Sembravano voler controllare il suo operato, e poiché nessuno scalciava, protestava o mordeva, era presumibile che approvassero.

Una mattina arrivò un TIR, sferragliando e innervosendo le bestie. Gennaro e altri uomini lo indirizzarono verso uno dei recinti. Quando fu aperto il portellone si scatenò l'inferno. Dall'interno provenivano alte grida disperate, unite al rumore caratteristico e inquietante di zoccoli scalpitanti e impazienti. Michele era curioso di scoprire cosa o chi ci fosse là dentro. Alla fine furono fatte scendere dieci bellezze a quattro gambe. Dieci cavalli di razza Criollo, provenienti direttamente dall'Argentina. In prevalenza scuri, ma anche pezzati, erano tutti molto belli, con la loro corporatura robusta, ma elegante e le lunghe criniere scure. Agitatissimi e tremanti, sfiniti da un viaggio allucinante, ai limiti della pazzia.

L'autista del TIR, che volentieri si stava lubrificando le corde vocali col buon prosecco della casa, raccontava del suo viaggio attraverso tutta l'Italia del Nord. Aveva dovuto fare moltissime fermate per rifocillare gli animali, previste per legge, oltre che per un senso di ordinaria umanità, che nel nostro Paese erano giunti via mare dall'Argentina, con una lunga traversata. Non c'era da stupirsi se lui era stanco e i cavalli stremati.

Michele li osservava incantato. Erano splendidi

nonostante lo stress del viaggio. E se da una parte prevedeva che grazie a loro avrebbe arrotondato la sua parcella, dall'altra si diceva che lo avrebbe fatto quasi gratis, pur di avvicinarli.

Due giorni dopo venne il turno degli argentini. Gennaro aveva lasciato loro il tempo per ambientarsi. Dopo tutto era un uomo sensibile e la sorte dei cavalli gli stava veramente a cuore. Più che quella dei cristiani.

"Belli, vero?".

"Molto. Cosa conta di farne?".

"Ferrarli, che diamine! Poi completeremo la doma che in parte hanno già cominciato. Qualcuno potrà essere anche utilizzato per il maneggio, ma soprattutto volevo addestrarli per il 'pato'".

"Il 'pato'?...".

"Ma sì, non lo conosci? È un tipico sport argentino, come il polo per gli inglesi. Si gioca in squadre, montati, ci si contende un 'pato', un oggetto di pelle di montone che viene passato di mano in mano fino a centrare un canestro e segnare il punto. Molto meglio del polo. Sono sicuro che ti piacerà. Sai, loro lo gradiscono molto, come se l'avessero nel sangue".

Si voltarono a guardarli, i futuri sportivi. Sembravano tranquilli, ora, in apparenza per niente intenzionati a sfiancarsi dietro uno stupido oggetto di pelle, per compiacere un ancor più stupido umano.

Il lavoro di ferratura su quelle splendide creature fu tutt'altro che semplice. Gli animali erano ancora terrorizzati. La figura dell'uomo veniva da loro associata alla prigionia e chissà, magari a qualche maltrattamento. Per cui si tenevano ben distanti da ogni essere a due zampe. Sembrava avessero scordato quel poco di addestramento che era stato garantito a Gennaro al momento dell'acquisto. In gruppo compatto correvano lungo il recinto, abbastanza ampio da consentirglielo. Si rese necessario entrare con un altro cavallo e una specie di lazo per separarli uno ad uno, con gran divertimento da parte di Gennaro che sfogava così la sua indole gaucha. I cavalli forse non apprezzavano allo stesso modo, ma comunque non veniva fatto loro alcun male. La ferratura fu un vero tormento. Quella razza di cavalli ha uno zoccolo molto duro e al contempo un piede sensibile, che conosce le asperità e le morbidezze delle pampas. Non potevano capire, i quadrupedi, la necessità di un impiccio superfluo e fastidioso che li avrebbe protetti dall'usura delle strade asfaltate, perché loro non conoscevano catrame o cemento.

Ad ogni modo tutti gli animali passarono dalle esperte mani di Michele. Sudati, nervosi, tremanti, talvolta si calmavano con paroline dolci e carezze. Più spesso però erano scalpiccii irati e una mano ferma e un po' punitiva poteva dominare la situazione. Toccar loro le estremità in ogni modo scatenava il caos e qualche pedata. Ci vollero diversi giorni, ma alla fine il lavoro fu portato quasi a termine. Restava un'unica cavalla ancora da ferrare.

Michele era mortalmente stanco, disseminato di crini, impolverato. Gli doleva la schiena, aveva lividi dappertutto. L'odore pungente del cavallo, del suo letame seccato negli zoccoli, gli si attaccava addosso così tenacemente che non riusciva ad eliminarlo neppure con due ore di ammollo in vasca con sali da bagno profumati. In momenti come questi si chiedeva, in tutta onestà: "Ma chi me la fa fare?!". Ripensava al braccio di ferro che aveva dovuto ingaggiare con i suoi per frequentare la scuola di mascalcia. Loro volevano che diventasse geometra. Sarebbe stato più riposante, si disse ora. Davanti ad un tavolo, sepolto dalle scartoffie, protetto dalle quattro mura di un tetro ufficio, solo occasionalmente mandato a rubare una boccata d'aria, tra una misurazione e una stima. Niente mal di schiena, niente lividi, lavoro comodo tutto l'anno. Però, si diceva poi, vuoi mettere?

Guardando gli occhi di uno qualsiasi di quei cavalli argentini vi si leggeva una luce di libertà che in nessun ufficio avrebbe brillato. In quegli sguardi Michele poteva vedere riflesso il ricordo delle assolate, sterminate pampas, l'istinto di correre in mezzo all'erba alta per raggiungere il cielo, là dove tocca l'orizzonte. Quei musi frementi invitavano alle carezze, le criniere chiamavano il vento. Nessun disegno geometrico, con la sua perfezione, poteva rendere una tale poesia. Nessun orario di lavoro dalle otto alle diciassette, puntualmente timbrato, poteva sostituire il sano lavoro all'aria aperta, il contatto con il sole e le intemperie. Se riuscivi a conquistare la fiducia di un cavallo, inoltre, trovavi un amico nuovo e vero, come non poteva essere nessun collega. Carezzare quei grandi corpi caldi era più benefico di una vacanza al mare in agosto, più rilassante e appagante.

Sorridendo tra sé a questi pensieri, si guardò intorno, mentre aspettava che gli portassero l'ultima cavalla. Era convinto di avere scelto per il meglio. Nel tondino i primi aspiranti cavalieri giravano in tondo, per l'appunto, con l'illusione di essere ormai tanto bravi da dominare una creatura così possente che se voleva poteva far polpette di loro. In realtà i cavalli procedevano come macchine con il pilota automatico. Sapevano anche da soli cosa dovevano fare, dopo anni di monotono lavoro in pista, e spesso dimenticavano perfino di avere qualcosa o qualcuno sulla schiena. I bambini però erano così teneri sui piccoli pony!

In un altro recinto si provava il 'pato' con qualche esemplare degli ultimi arrivati, i primi ad aver completato la doma e che ora venivano addestrati appositamente alla gara. Bisognava ammettere che erano davvero fenomenali una volta vinta la paura. Sentivano davvero la gara, dall'innata rivalità estraevano l'istinto necessario per prevalere in velocità l'uno sull'altro. Non si ferivano mai, non si urtavano, imparavano subito i trucchi e sfrecciavano verso la meta con autentica gioia.

Una manata ormai familiare sulle spalle scosse Michele dai suoi pensieri.

"Guarda qui, che te ne pare?".

Gli stava indicando un bell'esemplare pezzato, che a sua volta li stava guardando con curiosità. Era l'ultima giumenta rimasta da ferrare.

"Mi sbaglierò, ma non mi sembra proprio una puledra".

"Infatti. I suoi documenti dicono che ha sette anni. Diamole un'occhiata".

L'animale, tranquillo, li lasciò avvicinare senza dare alcun segno di nervosismo. Michele lo interpretò come la prova dell'esperienza acquisita dalla bestia che aveva già lavorato con l'uomo. Una mano sul largo collo, una sul muso della cavalla e... non seppe mai come, ma si ritrovò lungo disteso nel fango. Per un momento scese il blackout sulle sue facoltà, ma il solito manrovescio di Gennaro, stavolta direttamente sul viso, lo riportò tra i vivi. Si rialzò e si palpò, cercando di ricostruire gli ultimi istanti, senza riuscirci. Vide solo espressioni di deciso sollievo intorno a sé e ancora non capì.

"Ragazzo, che tombola! Hai fatto un volo di almeno quattro metri. Credevamo che ti fossi spappolato qualcosa".

"Ma se non me ne sono nemmeno accorto! Come ha fatto a scalciarmi se mi trovavo sul davanti?".

"Non ti ha scalciato, mona! Ti ha spinto col muso! E poi non si è nemmeno più mossa da lì".

In effetti, la cavalla era ancora dove gli sembrava di ricordare, legata al recinto. L'immagine della serenità fatta persona. Anzi, quadrupede. Non convinto, Michele fece un giro largo per riportarsi davanti e... si ritrovò di nuovo in volo. Stavolta non era impreparato, riuscì a parare il colpo e ricadde in piedi, due metri più in là, assolutamente sbalordito. Dopo vari tentativi e altrettanti voli a mo' di rondine, aveva stabilito che la "fanciulla" si lasciava accarezzare la schiena o il collo, ma se capitavi a tiro di muso, con una forza incredibile e un colpo di testa nel senso più letterale, venivi ristabilito nei tuoi ranghi, di solito al suolo. Inutile dire che anche i piedi per lei erano tabù.

Al tramonto di quel giorno, se l'animale non esultava, perché probabilmente non sapeva come fare, gli uomini avevano di che piangere e curarsi le ferite. Mai un calcio, sia chiaro; solo testate! Ad un certo punto Gennaro, preso dalla disperazione e da uno slancio ferino, aveva tentato di saltarle sul collo e di azzannarla appena sotto le orecchie. Proprio azzannarla, come un lupo! Ma anche i suoi oltre novanta chili persero ogni gravità con un colpo di muso, e l'atterraggio non fu dei più morbidi.

Per il momento si rinunciò ad altri tentativi. Nei giorni seguenti fu appurato che non esisteva alcuna maniera, buona o cattiva, per avvicinarsi al muso di Vanessa, questo era il nome della cavalla. Tanto meno per ferrarla. Eppure era così soave! Di fatto, era inutilizzabile, e Gennaro pensò di rispedirla al mittente.

Era una calda giornata di quasi estate. Michele e Gennaro se la ridevano seduti ad un tavolo all'ombra del portico. Avevano mangiato polenta, erano sazi e di buon umore, grazie anche al generoso rosso che li aveva benedetti.

"Devo dire che hai avuto una buona idea, ragazzo. Io non ci avrei mai pensato. Proprio non è nel mio stile fare il pagliaccio, ma visto che ti sei offerto volontario...".

"A me non costa nulla, mi diverto. Ora che ho imparato qualche trucco riesco anche a cadere senza danni".

"Già, e i bambini se la godono. Sai, mi sarebbe dispiaciuto disfarmi di Vanessa. È un gran bell'animale, con un caratterino che merita rispetto. Era un peccato non poterla utilizzare".

Michele sorrise senza rispondere. LA FIORITA offriva ancora una volta un colpo d'occhio spettacolare. La vista di quei grandi spazi verdi circondati dalle alte vette come un anello magico, saziava il cuore. I cavalli, liberi nelle recinzioni, completavano un quadro idilliaco. Michele era sempre stato convinto che il cavallo fosse l'opera meglio riuscita al Padreterno. Per poterli ammirare aveva scelto la professione del maniscalco. Non si sarebbe mai accontentato solo di cavalcarli, gli sarebbe parso di sfruttarli e basta. Lui voleva esser loro utile. Così era soddisfatto di quello che era diventato e contento di essere capitato per caso a LA FIORITA. E soprattutto era fiero di avere avuto un'idea che gli avrebbe consentito di essere spesso presente in quella meraviglia della natura. Aveva fatto in modo anche di non allontanare Vanessa da lì, perché tutto sommato gli era molto simpatica. Aveva infatti suggerito a Gennaro di utilizzarla come un animale da circo, giacché a lei piaceva sentirsi ammirata. Il numero di buttare all'aria col muso chiunque si avvicinasse, dopo quel primo giorno di inutili tentativi, alla lunga aveva fatto ridere tutti. Anche perché lei manteneva quell'aria quasi meravigliata di assoluta superiorità, seria e imperturbabile, che finiva per provocare solo grandi risate. Non si era mai mostrata aggressiva e per questo tutti le volevano bene. Perché quindi non sfruttare tali doti comiche? Sarebbe stato l'ideale per intrattenere i bambini, per sciogliere le paure dei più piccoli, o dei tanti disabili che praticavano l'ippoterapia. L'abilità stava nel creare un po' di scena, proprio come un clown nel suo spettacolo, per assicurarsi un alto gradimento. Michele si era offerto dunque volontario, Gennaro aveva approvato e i risultati erano stati fantastici. Non si poteva fare a meno di ridere del malcapitato giovanotto alle prese con una simpatica cavalla che gli faceva fare voli tanto spettacolari quanto innocui. Sì, Michele era soddisfatto. Presto, ne era sicuro, anche Vanessa gli avrebbe concesso i propri favori. La cercò con lo sguardo. Lei era lì, nel recinto poco distante. Lo stava fissando a sua volta, da sotto la splendida frangia scura. Gli stava strizzando un occhio.

O era solo un'impressione?

VINO NUOVO A SAN MARTINO

Nel 1970 già da qualche anno l'architetto Saturnino Alberini andava a rifornirsi di vino nella campagna milanese, presso l'osteria di un paese poco distante dal capoluogo meneghino. Un buco di locale, con quattro tavolini e tovaglie a scacchi rossi e bianchi, pieno di fumo e bestemmie. Di sera, tra carichi a briscola e mozziconi consunti, alcuni operai a cottimo cercavano di dimenticare la fatica. Durante il giorno, invece, gli anziani si industriavano a tenere lontano lo spettro ghignante della morte con vino annacquato e tressette.

L'osteria era di proprietà di una famiglia di contadini. I Menotti coltivavano la vigna, producevano il vino e lo vendevano al dettaglio nell'osteria o a piccole quantità ad acquirenti usuali. Vino senza pretese, una specie di Barbera onesto e corposo che soddisfaceva le richieste di tutti. Vino da tavola e da compagnia, da risata e da lacrima. E, nel periodo giusto, buon vino nuovo a preparar l'inverno.

L'architetto Alberini non era un gran bevitore. Praticamente era astemio. Ma ogni tanto andava all'osteria e comprava damigiane di buon vinello che finiva poi per regalare agli amici. A lui bastava il pretesto di tornare al locale. Perché all'architetto piaceva più l'ostessa del vino.

Se il mondo aveva avuto le sue sette meraviglie, Erminia, 28 anni, era l'ottava e Saturnino, amante delle belle forme per professione, l'adorava in segreto. L'ostessa era come le sue damigiane: tonda, armoniosa e profumata. Grandi seni impettiti su larghi fianchi pieni di sottintesi. Liscia come il vetro, calda come l'alcool che brucia le vene. Come l'alcool prendeva subito fuoco, avvampava per nulla. Come il suo vino era rossa e forte. E dava alla testa al povero Saturnino.

La sorte gli aveva dato in moglie un'esile bottiglia di lambruschetto, di quelle che ce ne vogliono almeno due per far pace col mondo: una donna bionda, magra e scipita che gli era morta già da tempo, ahimè pur giovane, ma senza lasciar traccia. Evaporata come le bollicine di uno spumante aperto da una settimana.

Erminia invece, così mora, così rossa, aveva i colori della passione, dell'uva baciata dal sole che aspetta solo di essere colta e mangiata. Non da lui però, perché la bella era sposata con l'oste, tale Carlo Menotti: giovane, bello, sano e onesto. A Saturnino, Tunin per gli amici, non restava che comprare litri e litri di nettare divino e affogarci il sogno senza neppure assaggiarlo. Altre donzelle dello stesso stampo dell'amata non se ne affacciavano all'orizzonte tempestoso di quegli anni rivoluzionari, per l'architetto. L'Erminia era la donna che incarnava i bei tempi andati, con le carni sode del giovane presente.

Due e mezza del pomeriggio, avevano concordato al telefono il giorno prima. Alla sua chiamata aveva risposto l'ostessa, che lo aveva salutato con la bella voce così squillante, frizzante e ricca degli stessi sottintesi dei suoi fianchi, da dargli alla testa come un Biancosarti di prima mattina.

Fu là qualche minuto prima. Era un bel pomeriggio autunnale, calmo, luminoso e azzurro, lontano dalle nebbie del capoluogo e dai suoi fermenti. I colori della campagna tipici del periodo, giallo, rosso e marrone, sembravano fatti apposta per rallegrare e consolare della inarrestabile morte delle foglie. Così come l'allegro vino nuovo che Saturnino si apprestava ad acquistare.

Ubriaco solo al pensiero, parcheggiò nel cortile la Prinz verde e si diresse verso la porta. Camminava saltellando e battendo i tacchi fra loro.

Il cane bastardo della famiglia Menotti lo inseguì come al solito, tentando di morderlo al sedere. Ci provava sempre, finora senza successo. Chissà cosa avevano le sue chiappe di tanto strano da ispirare quella dolce, malefica creatura.

"Ahio!".

"Arf!".

Attacco riuscito, finalmente. Il quadrupede sorrise soddisfatto, voltò i quarti posteriori a 360 gradi e si allontanò con in bocca il pezzo di stoffa che fino a dieci secondi prima era appartenuto ai pantaloni dell'architetto.

Saturnino indugiò sulla soglia prima di entrare, massaggiandosi la zona appena morsa. Faceva male, ma non era il solo problema: si accorse che la stoffa che mancava aveva prima rivestito, in tutti i sensi, una zona strategica. Ora che non c'era più, le mutande erano inesorabilmente in mostra e un tantino a brandelli. Come il pezzo di pelle appena al di sotto: in mostra e, appunto, a brandelli.

Una mano sulla maniglia e una sul fondoschiena: a Saturnino veniva da piangere. Come avrebbe potuto mostrarsi a una signora (anzi, presentarle il didietro, cioè... bè sì, insomma, ci siamo capiti), con il lato posteriore così compromesso? Il giubbotto che indossava era dignitoso, seppure un tantino consunto, ma che si poteva fare contro interi pezzi di mutandoni di lana sfilacciati che facevano di tutto per mettersi in mostra? Gli pareva d'essere uno di quei capelloni figli dei fiori, come si definivano, che potevano avere gli abiti stracciati e non se ne curavano. Lui invece era una persona seria, un professionista, solo poco più che quarantenne. Vabbè, un po' di più che "poco più", ma ancora un fior di ragazzo, e se portava i mutandoni di lana era solo perché già presentiva il freddo che sarebbe venuto.

Colpa della nebbia, dell'umidità e della solitudine precoce. Da quando era rimasto vedovo c'era solo una donna che si prendeva cura di lui, ma mica gli trasmetteva chissà che calore. La Carmelina, la segaligna signora siciliana dall'età sconosciuta che pagava a ore per le faccende di casa, di lavaggio e di stiraggio, aveva un pessimo carattere. Avrebbe di certo fatto una tragedia per quello strappo nei pantaloni. Lei non era come l'Erminia, solare e giocosa, giovane e bella. Oh, sì, soprattutto bella.

Scacciò il pensiero della megera e si decise a entrare,

continuando il gioco delle mani: la sinistra se ne stava incollata al sedere, a tirare il giubbotto verso il basso e a rintuzzare al contempo i mutandoni che fuoriuscivano, la destra doveva invece in contemporanea richiudere la porta, togliere gli occhiali dal naso e ripulirli, ché il vapore e la differenza di temperatura con l'esterno li avevano appannati. Orbo come una talpa e monco di una mano. Mica facile, neh!

Appena finì con le acrobazie Saturnino cercò con lo sguardo, tornato funzionale, e già di per sè bramoso e voglioso, oltre i tavolini, oltre il caminetto acceso che sapeva di polenta e luganeghe arrostite, oltre il denso fumo di sigarette, quasi solo di Nazionali senza filtro, che gli faceva lacrimare gli occhi.

Lei c'era, e dalla soglia lui la guardò incantato. Dietro il bancone sorrideva e mesceva, mesceva e sorrideva. Portava i bicchieri ai tavoli e scambiava una battuta con tutti. I lunghi capelli scuri legati a coda, una camicetta troppo leggera per il rigido clima padano e troppo striminzita, che straripava per troppa grazia, e una gonna troppo stretta che non nascondeva il dolce ancheggiare. Troppo di tutto, grazie al cielo. Forme che nemmeno il grembiulino candido, ornato di macchie scure e peccaminose, riusciva a celare.

"Siur Tunin! Si accomodi. Puntuale come sempre, lei!".

Gli andò incontro con il suo sorriso di perla. Rossa in viso, gli occhi mandavano riflessi ambrati: sembrava di guardare controluce un calice del suo vino.

Lo fece accomodare al bancone, gli riempì un bicchiere e cominciò a parlare del più e del meno. Del tempo, che faceva freddo, che l'inverno non era lontano, della nebbia, che a lei non dispiaceva, ma preferiva il sole (come oggi, guarda che bello, proprio l'estate di San Martino), dell'ultima vendemmia e di quanto si era divertita a schiacciare i grappoli con i suoi piedini. Perché loro usavano ancora così, per questo il vino era buono, perché fatto come Dio comanda. Nell'ascoltarla, l'architetto ebbe la visione delle gambe nude nei tini, dei piedi dolci di succo d'uva, della pelle arrossata per lo sforzo... era veramente troppo! Non era ancora un vecchio decrepito. Si ricordava ancora come si faceva ad amare. Senza pensarci, in preda alla confusione, dimenticò di fare finta come al solito di bere e tracannò d'un fiato il rosso che aveva davanti e poi un altro, perché l'Erminia era più loquace e generosa del solito e lui, per compiacerla, ci sarebbe annegato, in un lago di vino. Pagandolo fino all'ultima goccia, si capisce. Respirandolo fino all'ultimo grado di alcool.

"Allora siur Tunin, andiamo a prenderlo, questo vino nuovo? È il primo a cui lo vendo sa?, che non è ancora san Martino... Ancora non l'ho mai neanche servito qui in locanda! Mi deve dare una mano lei, sa, mio marito non è ancora tornato dal casolare con le botti. Io sono una povera fanciulla e non ho la forza di voi uomini".

A dire il vero, pensò confusamente l'architetto, quel corpo sodo e robusto non dava affatto l'idea di debolezza. Ma non era più in grado di ragionare con lucidità, dopo i due bicchieri del rosso generoso che avevano felicemente corrotto la sua anima d'astemio, e la seguì in cantina. Una mano sul proprio didietro, l'altra a un millimetro dal didietro di lei a pizzicare l'aria.

Buio. Fresco. Odore di salumi e di formaggi. Sentore di muffa, quella buona, e profumo leggero di vino che regala euforia. Una serie di botticelle era disposta lungo una parete, mentre lungo quella di fronte tante bottiglie riposavano negli appositi scaffali. Qualche damigiana, una sedia, un vecchio tavolo in noce, imbuti, tubi di gomma e bicchieri incrostati di tannino.

"Ecco, il vino è in quella damigianona lì per terra. Per riempire le sue solite due mi deve dare una mano a inclinarla. Su, mi faccia vedere che è un uomo forte, venga qua vicino a me".

Si può non cogliere il grappolo quando è maturo?

Il mite architetto, perso nel suo ebbro sogno d'amore, a

un invito così esplicito rispose entusiasta. Si avvicinò, ma invece di allacciarsi ai fianchi della damigiana, sbagliò chissà come la mira e cinse quelli dell'ostessa. Piovra improvvisata, sembrava avere le mani ovunque, la camicetta leggera si strappò, mentre lui cercava a occhi chiusi e con le labbra in fuori le belle labbra stupite di Erminia. Solo che non aveva calcolato un piccolo particolare, lui che invece di conti e armonie avrebbe dovuto intendersi: l'Erminia non aveva affatto idea di starci.

Dopo il primo momento di shock passivo, l'energica ostessa, abituata a tenere a bada i suoi avventori, reagì. Eccome reagì. Le bastò divincolarsi per avere la meglio sull'esile Alberini, ma non si accontentò. Gli mollò un pugno alla cieca che lo colse giusto in un occhio (e per fortuna che gli occhiali gli erano già caduti nell'impeto), lo fece sbandare, arretrare e finire contro le bottiglie lungo il muro, provocandone così il crollo e la distruzione. Lui finì per terra in mezzo ai cocci, tagliato nei vestiti, nella pelle. E un po' nella dignità.

Nulla rispetto all'occhio che si stava gonfiando stile mongolfiera, e che gli faceva male quasi quanto il sedere morsicato.

I pantaloni si erano inzuppati di vari gusti di bianco, nero e perfino di un rosatello frizzante che i Menotti producevano in piccola quantità solo per l'arciprete, quasi un vin santo, dato che le virtù eroiche non gli mancavano; e non parliamo poi del vino nuovo. Dalla recentissima apertura posteriore i liquidi entravano a loro agio fra le gambe dell'Alberini e il po' di stoffa sana non aiutava ad arginare. E l'alcool bruciava, sulle ferite da taglio e quelle da morso.

Saturnino se ne stette lì inebetito per qualche attimo. Poi tentò di alzarsi, contorcendosi e puntellandosi come e dove poteva: non era mai stato molto agile.

Dai pantaloni a pezzi i mutandoni erano ormai inesorabilmente esposti al pubblico dileggio.

Il tempo rimase sospeso per un paio di minuti. I due si ripresero il fiato che si perde durante una lotta. Si fissarono come due pistoleri nella sfida all'OK Corral, due occhi neri lampeggianti dentro un unico occhio rimasto aperto, azzurro pallido e lacrimoso. Poi gli occhi neri si posarono in basso, lo sguardo infuocato fece il giro del soggetto che aveva davanti e cominciò a tremare. Tutta l'Erminia tremava, a dire il vero. E Saturnino tremò pure lui, seguendo la traiettoria di quei dardi. Infine, lei cominciò a ridere. Risata liberatoria e potente, inarrestabile. Scesero le lacrime, dal gran ridere.

"Ma siur Tunin, voleva conquistarmi coi mutandoni del nonno?".

Confuso e isterico, il Tunin in questione non rispose, stordito non si sa bene se dal vino o dalla piega degli eventi, e prese a ridere pure lui. L'Erminia era splendida quando rideva. E dava la conferma di essere una giumenta di razza, davvero tosta, a giudicare dal cazzotto che gli era arrivato. Ma non era niente, per lei avrebbe sacrificato anche l'occhio rimasto integro!

Provò a balbettarlo questo profondo pensiero, ma l'ostessa non lo sentì. Sempre ridendo salì di sopra, recuperò una bistecca e la mise sull'occhio offeso dell'architetto. Anche Saturnino, completamente rilassato, continuava a ridere. Entrambi non riuscivano a smettere e si abbracciarono, rappacificati dall'ilarità.

Fu così che li trovò, entrando, l'oste Carlo Menotti. Che a dire il vero non ci trovò molto di divertente. Quello che vide fu un uomo di mezza età con i mutandoni in vista, le braghe bagnate di Dio solo sa cosa, che si spupazzava sua moglie in lacrime e mezza spogliata. La bistecca non la vide, era dal lato sbagliato. Ma era pur sempre il lato giusto per chiudere un occhio. Quello ancora funzionante dell'architetto.

Il pugno volò preciso, e nemmeno debosciato: in

campagna ci si fa i muscoli, perdio! Colpì l'occhio libero dalla bistecca con tanta forza che il portatore dell'occhio fu disteso, di nuovo, in mezzo a cocci di bottiglia e miasmi afrodisiaci. E da lì volò verso Bacco e Morfeo in meno di un attimo.

Durante il pietoso sonno semi comatoso, oste e ostessa ebbero modo di spiegarsi. Una versione un po' addolcita in cui la donna omise l'assalto dell'architetto, per amor di pace coniugale, inventando un qualunque altro equivoco. Così, perché potesse usufruire delle scuse più sentite, l'architetto fu prontamente riportato all'ingrato presente con una secchiata di acqua fredda. Sì, non c'è mai acqua in una cantina che si rispetti, ma grazie alla catena umana formata dagli avventori, attratti dalla confusione, un secchio di ferro che giaceva inutile lì per terra da secoli, un tantino arrugginito, fu passato di mano in mano dalla cantina alla cucina su per le scale, riempito d'acqua, e ripassato dalla cucina alla cantina giù per le scale, fino a svuotarsi del contenuto sulla faccia del povero Saturnino. Che riemerse all'istante, boccheggiando, quasi affogato.

Dalla cintola in su fradicio d'acqua, dalla cintola in giù di vino, rivoli sanguigni un po' ovunque a completare l'opera, orbo completo a causa degli occhi pesti, si può comunque affermare che all'architetto fosse passata la sbronza, sia quella del rosso bevuto poc'anzi, che quella d'amore.

L'ostessa e il consorte, tuttavia, volevano farsi perdonare delle mazzate e di tutto il resto, perciò, sempre grazie alla catena umana di avventori bestemmianti e solidali, trascinarono di peso lo spaventapasseri che aveva avuto nome Alberini su per le scale, lo fecero sedere al bancone, e con mille scuse gli offrirono in anteprima il loro vino nuovo. Poiché però lui si schermiva, o cercava di farlo, disperato, gli diedero una mano, timorosi che fosse ancora un pochino offeso.

"Suvvia, siur Tunin, lo faccia per me, la prego!", sbatté le ciglia la bella mora, ormai quasi del tutto ricomposta dall'incidente, anche per non stuzzicare oltre la malizia di tutti quegli uomini bavosi, clienti abituali e senza speranze di poter avere da lei almeno un bacetto.

"Alè, siur Tunin, cusa l'è?... Un bicier de quel bon e tutto passa", le fece eco il marito. Insieme accostarono alla bocca del malcapitato una caraffa da mezzo litro del profumatissimo nettare e gliela calarono giù. Di più non sapevano che fare, ecco, per farsi perdonare. In fondo, era il primissimo ospite ad assaggiare la nuova produzione, un onore!

Ma l'architetto non diede segno di apprezzare. Anzi, quasi non diede segni vitali. Stava accasciato sullo sgabello come un sacco vuoto e non si degnava di rispondere.

"Carlo, forse è ancora un pochino arrabbiato", sussurrò l'ostessa.

"Dici, moglie? Che possiamo fare? E se poi ci denuncia?", bisbigliò l'oste.

"Io un'idea ce l'avrei... facciamogli assaggiare anche il vinello dell'arciprete. Una bottiglia deve essersi salvata. A un intenditore di vini come lui non sfuggirà la raffinatezza del nostro gioiello. E l'arciprete capirà e ci darà l'assoluzione lo stesso".

Tutti i presenti, che avevano teso le orecchie per ascoltare, annuirono, un po' gelosi della fortuna che stava capitando al forestiero.

L'oste rimase a pensarci poco meno di due secondi. Si convinse che sì, in effetti, niente come il privarsi del loro miglior prodotto avrebbe potuto testimoniare la propria buona fede. In altri tre secondi andò e tornò dalle rovine della cantina con la superstite bottiglia di vin santo, al cui contenuto si raccomandò devotamente mentre lo versava in gola al malcapitato.

Saturnino ebbe una risposta in effetti miracolosa. Si svegliò definitivamente dal coma alcolico, prese a sputare a destra e a manca quel ben di dio e a tentoni prese la fuga. Batté contro la porta, ma riuscì ad aprirla. Fu inseguito dal cane, che tuttavia ebbe pietà di lui e non lo morse, e finalmente si rifugiò nella Prinz. Chiuse tutte le sicure, tirò su i finestrini e tremando pensò al suo nudo appartamento di città, che lo aspettava vuoto e rassicurante. Infine, dal cuore gli sgorgò un impeto d'amore: "Carmelina, ti amo!".

Rasserenato, aspettò che il sole finisse di abbagliarlo, con i colori accesi del tramonto, per tornare a casa dalla sua megera in cerca di consolazione.

Pesto, ferito, guarito.

MEG

La ragazza non passava inosservata. Non si sarebbe
potuto nemmeno fingere di non vederla, era proprio
impossibile. Dormiva sul pavimento, nello spazio
d'accesso allo scompartimento. L'intercity per Venezia era
stracolmo. Chissà se anche i posti per terra valevano la
spesa di un biglietto.

Gianni era perplesso. Anche preoccupato per lei. Da
parte sua si era rassegnato al posto in piedi, tenacemente
attaccato alla porta del gabinetto, e pazienza se, di tanto in
tanto, il bisogno impellente di qualcuno lo costringeva a
mollare la presa. Da quel posto d'osservazione vedeva
salire, scendere, accalcarsi, un'umanità pittoresca e a tratti
anche divertente. Nel pieno del Carnevale, la vigilia di
giovedì grasso, l'allegria divampava; maschere burlone e
stravaganti esibivano costumi di tutte le fogge,
pregustando la sfilata del giorno dopo in Piazza S. Marco.

Più che dai travestimenti, Gianni era rimasto colpito
dalla sconosciuta ragazza che dormiva per terra, con lo
zaino per cuscino. Incurante di chi la scavalcava, dello
schiamazzo, del controllore che ogni volta era costretto a
contorcersi per non calpestarla, maledicendo non troppo
velatamente tossici e affini, lei dormiva. Osservandola
bene, ci si poteva chiedere se fosse vestita in maschera o
meno: il suo look era quantomeno bizzarro. Indossava
pantaloni stracciati, da sotto i quali spuntavano
scarponcini in nabuk consumati e incolori, e una maglia
arlecchino, coperta da un piumino che aveva conosciuto
giorni migliori. Il viso era sporco, annerito, quasi che il
moderno intercity fosse alimentato ancora a carbone e
ammorbasse l'aria e i volti della gente di denso fumo nero.
La rilassatezza del sonno le ingentiliva i tratti che,
altrimenti, avrebbero potuto incutere un certo timore:
piercing violenti deturpavano i lobi delle orecchie, l'arco
delle sopracciglia, le narici. Sembrava non esistesse un
centimetro di quel viso risparmiato da un cerchietto, una

croce, un brillantino. Gianni avrebbe scommesso sulla presenza di metallo anche su lingua, denti, ombelico e... si fermò lì, rifiutandosi d'immaginare sconcezze. Non era un puritano, né un bacchettone, ma era cresciuto in un ambiente religioso che ancora gli condizionava il modo di pensare. Quindi si concentrò su altri particolari. Così, per ingannare il tempo: mancava ancora un'ora a Venezia.

La rossa luce del tramonto rendeva tutto irreale, in particolare quella strana tipa accoccolata sul pavimento sporco di un treno affollato. L'acconciatura della ragazza in questione, poi, era uno spettacolo a sé stante. Viola, arancione, rosa e giallo: un arcobaleno sulla testa, rasata solo sopra la fronte, mentre treccine rasta, colorate e inamidate, si diramavano lungo le direzioni più svariate. Una chioma eccentrica, che di sicuro non incontrava acqua e shampoo da mesi.

Lui era affascinato. Nonostante la sporcizia evidente e la trasandatezza, quella ragazza, palesemente molto giovane, lo intrigava. Viaggiava sola, tutti si tenevano a distanza, complice forse un discreto odoraccio che le aleggiava intorno. Un'appestata. Un'emarginata. Forse non una barbona, ma quasi. Una ragazza in fuga.

Gianni distolse per un po' lo sguardo. Il viavai verso il bagno era incessante, ma non se ne sentiva più disturbato, assorto com'era. Dal finestrino la spoglia campagna veneta gli balzava incontro. Lontano, ma sempre più vicine, le ciminiere di Marghera e, infine, il tenue luccichio del mare, che si arrossava con la serenità della sera. Avrebbe voluto per assurdo che la ragazza gustasse con lui quello scampolo di natura, così sincero, così vivo. Chi era? Da dove veniva? Come viveva? Chi o cosa l'aspettava? Punti interrogativi che non si rassegnavano a rimanere senza risposta.

Forse avrebbe dovuto svegliarla. Aveva voglia di parlarle, di comprenderla, di conoscere la sua storia. Si decise. Approfittò dell'arrivo di due voluminose damine in crinolina e di un Pulcinella, palesemente imbarazzati di fronte al passaggio ostruito e la chiamò.

"Ehi!". Le diede anche uno scrollone, colto da una sottile ansia. E se fosse stata vittima di una overdose?... La ragazza aprì gli occhi, un po' disorientata, ma capì al volo la situazione e, con calma irritante, si issò in piedi e raccolse lo zaino. Poi lo appoggiò di nuovo a terra e vi si sedette sopra. Non un cenno di scuse o un sorriso. Il volto paffuto, cicciotello come tutto il resto, lentigginoso sotto lo sporco, rimaneva impenetrabile.

"Ciao, vuoi fumare?", le chiese.

Domanda idiota che meravigliò lui per primo. Aveva smesso di fumare da due anni: nella tasca della giacca portava sempre solo una sigaretta simbolica, per sfida. E del resto sui treni non si poteva più fumare, stupido che era! La giovane sembrava non avere nemmeno compreso il senso delle sue parole. Forse era straniera.

"Do you speak English?".

Quel giorno non brillava per originalità. Si trattava tuttavia di una domanda comprensibile a tutti, una frase che meritava risposta, in qualunque lingua. Lei sembrò rifletterci su, lo squadrò bene e poi sospirò:

"Yes, I'm Irish.".

Irlandese! Il suo fascino, per così dire, crebbe agli occhi di Gianni, da sempre appassionato di leggende celtiche. Ringraziò mentalmente il Cielo di aver approfondito a suo tempo lo studio dell'inglese. Poteva sostenere con una certa tranquillità una conversazione generica in quella lingua. E lo avrebbe fatto, se il crescere del brusio e dei movimenti della folla non gli avesse fatto capire che erano giunti a destinazione. Non aveva più tenuto il conto delle fermate.

"Come with me!". Con un certo tono autoritario, che lo stupì per la seconda volta, prese la ragazza sotto braccio e scese con lei dal treno. Attraversarono insieme l'atrio della stazione di Santa Lucia e scesero i gradini dell'entrata.

Venezia si presentò loro con la veste migliore, immersa nella luce di un limpido crepuscolo che si adagiava sognante sui merletti dei palazzi. Il mare sembrava pulito; il consueto tran tran dei turisti, moltiplicatosi per l'occasione in modo esponenziale, risplendeva di folclore e fantasia. Era inverno, ma i colori erano quelli dell'estate.

Venezia lascia tutti senza parole la prima volta che la s'incontra. Così fu per la ragazza straniera, già di suo non molto loquace. Una luce vivace le animava però gli occhi.

"Come with me!".

Gianni ripeté l'esortazione a seguirlo. Nel frattempo continuò a darsi dell'idiota. Dove voleva portarla, e perché? E come spiegarglielo? Poteva fidarsi di una perfetta sconosciuta dall'aspetto tutt'altro che raccomandabile? Lo avrebbe scoperto a suo tempo, decise.

Nato e cresciuto in un piccolo paese fra le cime dolomitiche, a Venezia c'era solo di passaggio. Si stava specializzando a Ca' Foscari, in Politiche e Servizi Sociali. In realtà le origini montanare lo rendevano alquanto chiuso, posato, per nulla incline a colpi di testa o avventatezze. Era stato perfino in seminario per un po' di tempo, nell'errata convinzione di avere la vocazione. Col tempo aveva rinunciato all'idea di diventare prete, però alcuni principi fondamentali gli erano rimasti. Come aiutare il prossimo in difficoltà, per esempio. L'Irlandese, lo sentiva, aveva dei problemi. E pazienza se lui si stava comportando, per la prima volta, in modo assolutamente sconsiderato.

Esibendo un dignitoso uso dell'inglese la convinse a fermarsi in un localino nei pressi. Voleva conoscerla, parlarle. Voleva aiutarla. Non fu facile, ma trovarono un tavolino. Più complicato fu cominciare una conversazione. Non per difficoltà di comunicazione, bensì per una certa ostilità palpabile di lei. Il suo nome era Meg; lo aveva mormorato controvoglia e solo dopo insistenti richieste. Non sembrava avere altro da aggiungere. Né Gianni riusciva a formulare altre domande. Si sentiva inibito, non voleva essere invadente.

Si chiese che senso avesse tutta la situazione. La osservò mentre divorava il panino e scolava la birra che le aveva ordinato, come un animale che non sa quando mangerà ancora. Non si aspettava ringraziamenti e infatti non ne vennero. Ingollate anche le briciole, Meg si alzò e senza neanche guardarlo si diresse verso la porta. No, non poteva lasciarla andare! Dove avrebbe dormito, chi avrebbe incontrato, che avrebbe fatto di se stessa? La raggiunse, la ubriacò di parole, l'abbracciò. Le spiegò che non aveva cattive intenzioni, che viveva da solo in un bilocale e le offriva alloggio per quella sera e per tutto il tempo che avesse voluto. Senza secondi fini.

"Why?", fece lei. Perché? Non seppe che dire e scrollò le spalle, impotente, rassegnato ad un rifiuto.

E invece: "Okay!", disse Meg. E lo seguì.

Due vani striminziti, con angolo cottura e mini bagno. Il suo rifugio a Venezia. Sufficiente per una persona, ridicolo per due, come scoprì. Con sollievo, vide che Meg si chiuse subito nel bagno. Era positivo che non avesse perso la voglia di lavarsi. Invece Meg ne uscì come vi era entrata, con tutta la sporcizia intatta. Gianni evitò di arrabbiarsi, nonostante gli sembrasse una mancanza di rispetto nei suoi riguardi. Fare il buon samaritano comportava delle difficoltà. Quel mutismo poi era snervante! D'un tratto stanco, decise di mandarla virtualmente a quel paese. Le cedette il letto, si accoccolò sulla poltrona, e mentre pregava di non ritrovarsi con la gola tagliata, si addormentò.

Il nuovo giorno si presentò per lui denso di novità. La prima, oltre al fatto di avere un'estranea in casa, era che lei, seduta sul tappeto, attendeva il suo risveglio, osservandolo. Seconda, splendida innovazione era il suo sorriso, luccicante per via di due brillantini sui canini: moderno Dracula punk, che però non voleva il suo sangue.

"Hi, John!". Dracula voleva parlare. Non c'era più traccia della Meg del giorno prima. Dove fosse l'inghippo,

Gianni non lo sapeva. Gli parve già cosa buona essere vivo e in possesso dei propri soldi. Di questi tempi compiere una buona azione avrebbe potuto essere fatale. Gli occhi azzurri che aveva di fronte, sereni e onesti, seppur tormentati, lo convinsero però che non si era sbagliato sul conto della ragazza. Cominciò così, davanti ad un caffè, un timido e faticoso approccio. Meg rimase un po' nel vago nel parlare di sé. Disse che veniva da Dublino, che era maggiorenne e che, dopo aver viaggiato sola per mezza Europa, ora voleva esplorare l'Italia. Forse non era tutta la verità, troppi silenzi, troppi sbalzi d'umore, ma Gianni non indagò. Affari suoi, non voleva entrarci. Voleva invece regalarle un po' di serenità. In questo ci mise molto impegno.

Rotto il ghiaccio, la tensione svanì. Volle trattarla come una turista di sangue reale. Si tuffarono, per prima cosa, nel Carnevale veneziano, capace di medicare, se non guarire, ogni tormento. Mescolandosi alla folla che si riversava in centro, incontrarono delle meraviglie: acrobati, maghi, giocolieri. Persone comuni, armate di randelli di plastica e parrucche picchiavano scherzosamente i passanti, troppo ammassati per schivare i colpi. Un Eolo qui, un Re Sole là, un giullare, un puffetto, tanti coriandoli, suoni e sberleffi. In ogni dove, poi, le fantastiche maschere settecentesche, dai ricchi costumi e dalle enigmatiche serietà. Misteriose, eteree, irreali. Meg le preferiva. Il viso infantile, seviziato ingiustamente da tutto quel metallo, restava a lungo a fissarle. Loro, impassibili e fredde, si lasciavano benignamente adorare.

"A Carnevale per un giorno puoi essere un altro. Puoi celare il viso dietro una maschera, il corpo dentro un sacco o un costume, puoi scegliere di non parlare o inventarti una storia nuova. Nessuno saprà chi sei. Però, sai una cosa, Meg? Il bello di tutto questo è che poi finisce e tu torni a essere quello di sempre. Che in fondo è la cosa migliore".

Alla fine di una giornata intensa e per certi versi faticosa, erano seduti sui gradini di un ponte, circondati da turisti e piccioni in ugual numero.

"Tu credi che io indossi una maschera, vero? Che non sia quella che sembro... Be'... potresti aver ragione".

Il discorso più lungo che finora le aveva sentito pronunciare lo spiazzò per un momento. Ma le sorprese non erano ancora finite. Come una diga lasciata aperta per un'alluvione, esplose il segreto di Meg. Aveva diciotto anni, ora, ma ne aveva quindici quando era scappata di casa. Orfana di madre, viveva con un padre alcolizzato e violento che abusava di lei già da tempo. Più volte era fuggita, e sempre era stata riacciuffata e riportata da lui. Le violenze non avevano mai fine, anzi peggioravano. Un giorno era riuscita a eludere i controlli e, nascosta tra le merci di un TIR, era espatriata, grazie all'aiuto di un autista compiacente, che in cambio si era accontentato di un servizietto veloce. Sentiva lo schifo accompagnarla ovunque. Aveva cominciato a vivere di espedienti, a trascurarsi, non voleva interessare più a nessuno. Si feriva il viso con spille e pendagli, non si lavava, sperava che tutti avessero ribrezzo di lei.

"Hai ragione tu, anch'io indosso la maschera. Solo che io la porto cucita addosso. Non posso, e non voglio, toglierla mai più".

Gianni non trovò che dire. Gli sembrò che la festa e l'allegria di quel giorno fossero una stonatura, un'ingiustizia crudele verso quella ragazza che aveva così sofferto. Rimasero in silenzio, mentre si faceva notte. Il freddo aumentava, dentro e fuori. La festa, intanto, proseguiva.

Il giorno appresso la portò al mare. Andarono al Lido, sulla spiaggia. Si distesero sulla sabbia fine, offerti ad un misericordioso sole di febbraio.

"Ti manca il tuo Paese?", le chiese. Lei guardò lontano.

"Non lo so. A volte sogno i prati verdi, le colline così dolci. Mi rivedo galoppare nel vento insieme a Big Joe.

Era il mio cavallo, sai, il mio migliore amico. Ho pianto quando ho dovuto abbandonarlo. Lui sì, mi manca. Con lui non ero mai sola. Mi faceva sentire libera".

Passò una piccola nuvola bianca sul sole; Meg alzò lo sguardo.

"Il nostro cielo è percorso da nuvole più grandi e più veloci, dalle forme più strane. È un cielo che parla, racconta antiche storie. Sa trasformare le tue paure in figure reali di cui puoi ridere. Anche il mare è diverso, è più selvaggio, più minaccioso. Più vero".

"Conosco anch'io il sapore della nostalgia", disse Gianni. "Qui mi sento spesso solo e straniero. Il mio vero posto è sulle montagne".

Le raccontò della vita sui monti, dell'inverno gelido, dell'isolamento. Ma anche delle vallate, d'estate verdi come l'Irlanda, delle vette altissime, della vicinanza a Dio.

"I miei hanno una malga, sai, quei posti in quota dove mandare le mucche al pascolo. Hanno anche dei cavalli e delle pecore. Ci sono molti spazi liberi dove stare in pace. Ti piacerebbe".

Meg non rispose. Ormai si erano detti tutto. Il giorno dopo, come un sogno impossibile, era svanita.

Di acqua, sotto i ponti di Venezia, ne passò molta. Gianni si laureò, ma non riuscì a vivere in città. Preferì fare l'assistente sociale al suo paese, dove molta gente aveva bisogno di aiuto. Ogni tanto se ne andava nella sua malga, e da lì ancora più su, per sentieri nascosti, con nel cuore un ricordo dolce-amaro. E un giorno, chissà perché, non si stupì nello scoprire, accanto alle mucche e ai puledri al pascolo, una chioma variopinta e intrecciata, due occhi azzurri e un sorriso da Dracula punk finalmente sereno.

SANSONE CORE DE ROMA

Eccolillà!! Te pareva. Appena comincia la bella stagione, qua a Roma nun se po' più stà. Il casino, che è costante tutto l'anno, ai primi tepori aumenta in misura esponenziale fino al culmine della cosiddetta notte bianca, quando nun se capisce più se è giorno o se è notte, perché tanto è uguale. Gli umani se moltiplicano come li peggio topi de periferia, invadono ogni cosa, ogni via, ogni piazza, ogni angoletto tranquillo. Per un gatto de strada come me, non c'è più pace. Qua me chiamano Sansone, so' er capo der branco che abbita ai Fori, ma l'autorità mia è estesa di fatto anche oltre. So' er gatto più vecchio de Roma, lo sanno tutti. Quanto vecchio nun lo so manco io e se lo sapessi non verrei certo a dirlo a voi.

Dicevo dunque che di questi tempi estivi, ma già da quanno er ponentino comincia a intiepidire romanticamente le serate, quella razza 'nfame chiamata turismo inizia a dilagare ovunque. Pure tra queste pietre morte c'è 'na processione infinita de gente. Ma che c'avranno da guardà?! So' sassi, che nun se vede? Sassi vecchi come la nonna de mi' nonna, se pure ce l'avessi ancora. Buonanima, la nonna mia, chissà che fine ha fatto. La nostra famiglia è sempre stata 'na famiglia libera, non ci siamo mai assoggettati a vive coll'umani. Lei però aveva fatto amicizia, quann'era ancora una giovane e bella gatta a pelo lungo, co' 'na vecchietta che le portava da magnà, proprio qui, in mezzo a sti sassi, dentro a 'n cartoccetto. Ma non è durata tanto, sapete, la mi' nonna, io me lo ricordo, me lo raccontavano tempo addietro, dicevano che se n'era scappata con un poco di buono, un gatto magro e pulcioso, che però c'aveva un occhio giallo, uno azzurro e tutti e due strabici. Con uno sguardo assassino come quello, faceva perde pure la fame alle gatte come mi' nonna. E c'aveva pure la coda monca, il disgraziato. Mica come ricordo di un duello d'amore, però. Macché, pare fosse nato così. Come se dice oggi, un OGM, un difetto genetico che mo' me ritrovo pure io, e che a mia volta ho trasmesso a quarcheduno dei miei numerosi discendenti. Uno su tot, dice la scienza.

Ma scusate, sto a chiacchierà pe' gnente. Vi dicevo che manco le pietre hanno pace colla bella stagione. Umani di tutti i colori, a greggi immensi o alla spicciolata, vanno dietro alcuni capi-branco chiamati guide turistiche, che spiegano loro la storia de quei sassi. Ogni tanto, molto tempo fa, mi divertivo ad accodarmi di nascosto, a vedere se quello che andavano cianciando le guide in tante lingue diverse corrispondeva al vero. Io le ho sempre capite tutte, le lingue dell'uomo. Si sa, i gatti sono così, nun c'hanno bisogno dell'interprete: fanno solo finta de non capì, perché je fa comodo. E poi io la storia vera de li fori imperiali la sapevo perfettamente. La mia famiglia è antica, dicevo, e libera, ma di origini remote. I gatti, qui, ce so' sempre stati. Lo so pure io che qui sorgevano dei templi e lì una chiesa. Lì c'erano i rostri e quello era er Palatino, mentre più in là, dove ora nun ce sta quasi gnente, 'na vorta era la casa de le vestali. I grandi archi, qualcuno ce sta ancora, come quello de Tito, e qualcuno no. E allora? Nun ce sta gnente di eterno, nemmeno le pietre. Che c'avranno da fissà, sti turisti, lì dove nun ce sta più gnente? Mah!!

Almeno er Colosseo è grande, me cascassero le vibrisse!! Lì sì ce sta qualcosa da guarda'… ogni tanto ce faccio 'na scappata, a salutare certi cuggini mia che vivono ne li sotterranei. C'hanno la pancia grossa, che lì i topi nun mancano.

Ieri pure, con fatica, che ormai sono vecchio, ho voluto andarci. Ce stava un concerto in programma per la serata e quindi oltre alle orde dei barbari in fila per sei col resto di due ad invadere le sacre mura ce stavano pure operai arrampicati dappertutto in mezzo a cavi e a teloni bianchi (come li chiamano?… maxi schermi, sì) e musica sparata al cielo troppo forte per le mie povere orecchie. Ma nun ce lo sanno che ai gatti fa male un volume così alto?

E dire che tanto tempo fa da quegli spalti poteva scendere tanto un gelido silenzio che un tuono possente fatto di sole voci umane, che i tizi se guardavano gli spettacoli come ar cinema de oggi. E i miei antenati raccontavano de le battaglie de li umani colli parenti nostri a la lontana, tigri, leoni e compagnia bella, quanno nun se scannavano fra de loro. E glieli facevano vede' i sorci verdi, i nostri, altro che!! A me sembra ancora di sentire il loro odore selvaggio su questa sabbia, pensa 'n po'. Ma forse me sbajo co li sudori de sta umanità puzzona che d'estate se riversa tutta su Roma.

Il fatto è che, non bastassero li sassi morti, che ce stanno sempre tutto l'anno, quelli che comannano sta città se inventano 'n sacco de cose per attirare ancora di più le formiche umane! E concerti, recite, baracche e burattini, mostre, teatri… tutte cose che, pare, agli umani piacciono tanto. Non ho mai capito il perché. Ma tanto io so' solo un gatto, pure se me chiamo Sansone e so' er più vecchio de tutta Roma.

"Quanto sei bella Roma, quanno è estateeee… quanno me tocca raccoje la tua monnezzaaaa….".
Gino se la canta allegro, anche se è mattina prestissimo. Ma c'ha le ragioni sue a cantare così.
Fare il netturbino a Roma, nel centro storico, d'estate, con tutti sti bipedi a passeggio fino all'alba, è proprio difficile. Intanto l'orario: impossibile, secondo le misure loro. Pazienza pe noi gatti, che se sa, viviamo mejo de notte, ma pe'r povero Gino…
Gino è amico mio, ci conosciamo da sempre. L'ho visto fare i primi giri a raccoje la monnezza qua intorno. Porello, era quasi un cucciolo, allora. Girava co 'n triciclo e du' bidoni e ogni tanto se perdeva in tutte le viuzze e le piazzette tra piazza Navona e il lungotevere e tra il lungotevere e il Corso (al Corso ce pensavano li mezzi grossi, ma nel centro si andava così, cor triciclo). Quanno

lo incontravo, lui porello frugava fra li sacchi neri e se trovava quarche cosa de bbono me lo passava, che mica ce stava la differenziata, allora. Gli stavo simpatico, me riconosceva dalla coda monca. E io in cambio stavo attento se se dimenticava quarche monnezza per strada, che un po' distrattino lo era pure e in caso lanciavo qualche miagolio di quelli giusti a richiamarlo.

Gino, l'amico mio, è uno che merita la medaglia. Per tutto l'anno non fa che raccoje monnezza, e già questo je fa onore. Non è da tutti alzarsi prima dell'alba, in piena notte, e partire subito per andare a rendere lustra la città nella sua parte più bella e antica, quella che si mostra ai turisti tirata a lucido e imbellettata come una vecchia signora che non vuole ammettere di essere vecchia.

Gino contribuisce molto al machillagge della vecchietta. Figo, eh?...Questa parola, machillagge, l'ho imparata un giorno da una bella gattina francese che aveva perso la padrona, o meglio aveva perso l'albergo dove la padrona dormiva. Lei, la dolce, aveva voluto vedere coll'occhi sua le meraviglie della città caput mundi, disse proprio così, senza spiegarmi bene cosa intendeva dire, ma poi, se non era per me, sarebbe finita fra le grinfie di gatti senza scrupoli. Io invece mi sono travestito da guida turistica, proprio come gli umani, e l'ho portata prima a visitare i sassi dove abito, e poi in un certo posto lungo il Tevere, a vedere la luna piena che faceva il bagno nel biondo. Embè, per farla corta, credo che qualche mio discendente senza coda sia finito a Parigi, o giù di lì...

Ma si parlava di Gino. Oltre che per tutto l'anno, Gino è un eroe soprattutto d'estate, dato che in centro i rifiuti sembrano moltiplicarsi anche loro come le formiche. Certo ora non ha più er triciclo, ma un po' conserva ancora qualcosa de la vecchia maniera, perché nel centro storico, nelle antiche piazze, non è che si possano usare i mezzi moderni, i camion arraffabidoni, quei voraci inghiottitori di monnezza. Gino ora ha uno strumento chiamato ape, che però non punge come l'ape, ed è il massimo che può ottenere per le sue operazioni di pulizia quotidiana.

Del resto i bidoni stessi in questa zona della metropoli sono ancora a misura d'uomo, dicono.

Difatti l'uomo spesso deposita il sacchetto per terra, dove c'arriva mejo, piuttosto che rovinare il vecchio bidoncino.

Gino è uno dei pochi umani che mi piacciono davvero. Noi due ci capiamo, e anche se lui se la canta so che è stufo di vedere maltrattata la città dai barbari a due gambe, proprio come sono stufo io. Però lui è più bravo di me, se la ride, se la canta e continua a fare il lavoro suo.

Ma un gatto, s'è mai visto ride? No. E allora anche se so' Sansone e so' speciale, non sarò io il primo a farlo.

C'è però un altro umano che comincia a starmi simpatico da un po' di tempo. Non è romano de Roma, ma qui ormai ci abita. A dire il vero non ha una fissa dimora. Lui dorme un po' alla stazione Termini, un po' nella metro, 'na vorta sulla linea blu e 'na vorta su quella rossa. Ora, d'estate, dorme dove je capita, su qualche scalinata importante, come quella del Vittoriano o quella de Trinità dei monti, oppure nell'angolo di una piazza, o su li scalini de 'na chiesa. È libero, come me. Qualche volta è venuto pure a li Fori a riposare sotto le stelle, che là c'è posto per tutti. Io gli andavo incontro e lui mi carezzava dalle orecchie fino alla punta della mia coda monca, in un gesto delicato che mai nessuno ha avuto per me, in tutta la mia lunga vita. Non so lui se ha un nome, viene da lontano, dice, e veste di stracci, non indossa vestiti puliti e ordinati come quasi tutti i suoi simili. Dico quasi, perché di gente come il mio amico ce n'è tanta, in questa città. Sono gli unici che sembrano non avere mai fretta. Passano ore e ore seduti da qualche parte colla mano tesa a mormorare litanie che non ascolta nessuno, con un cestino davanti che rimane sempre vuoto.

Pure lui, pure questo mio amico fa questo lavoro. Credo che sia vecchio come me. Se nun fosse che non è de Roma, giurerei che il mio primo avo abbia conosciuto il suo primo avo, tra le mura di questa città appena innalzate da Romolo. E giurerei che lui sia nato lo stesso anno lontano che ha visto nascere me senza la mia coda. Perché lo dico? Mah, perché i gatti, oltre alle nove vite, che io ho in gran parte consumato, c'hanno pure il sesto senso, pure con metà della coda. Lui c'ha delle rughe profonde a dimostrarlo, io non ho più neanche un dente e ce vedo poco (ma nun se deve sape', che ce perdo la reputazione). Semo uguali.

Insieme stiamo a volte seduti da qualche parte, aspettando che il suo cestino si riempia di monete, così lui compra qualcosa e poi la divide con me. Si vabbè, ho già detto che la mia famiglia non fa comunella con gli umani, a parte la mi' nonna co la sua vecchietta, ma questo umano è diverso dagli altri. È perfino mejo de Gino, ecco. Le sue carezze me fanno veni' er coccolone. E pure a lui, che ve pensate.

Quest'anno l'estate è caldissima, noi vecchietti non sappiamo più dove andare a ripararci. Poggiare le zampe per terra vuol dire scottarsele e lasciare l'impronta come a ollivùd. Per questo sto spesso coll'amico mio dalle parti dele fontane. Quella di Trevi è la più fresca, messa là in quella piazzetta così piccola, ma è che ce sta troppa gente, mi cadessero le vibrisse!! Lui però, già che c'è, ne approfitta anche per lavorare.

Nun c'è traccia de romani. Qui so' tutti stranieri, e pure se la moneta è talvolta comune, le lingue so' sempre diverse fra loro, c'è poco da fa'. Dalla calura la gente se sente male. Una turista s'è spogliata completamente, e dico completamente, capitemi, e si è immersa nella fontana. Gli altri ridono, la temperatura sale ancora di più, se possibile, ma poi arrivano li viggili. Quelli non ridono manco col solletico. L'hanno portata via, nuda com'era. Si ritorna al casino normale. No, io me ritiro, nun la sopporto tutta sta gente.

Quanno cala la sera s'arza er ponentino e l'afa per un momento se dimentica di Roma. Posso tornare a chiudere la bocca, che i gatti non hanno altro modo per sudare. Arriva il mio amico, cercando tranquillità anche lui, dopo la carneficina dell'umanità tutta lessata ai 40 gradi di oggi. Qui ai Fori c'è un po' di calma. Ce stanno li riflettori accesi, li possino… ma insomma, non è malaccio. Lui tira fuori un panino col prosciutto, mi da quasi tutto il prosciutto e mangia il resto. La giornata gli ha reso bene, a quanto pare. Poi comincia a parlare, cosa che non fa spesso. Io non so che lingua parli, ma tanto lo capisco. E mentre mi accarezza da farmi rabbrividire, e v'assicuro che er ponentino nun c'entra, mi dice che a lui questa città je piace tanto. Dice che si respira un'aria bella, qui, che al suo paese non c'è, e nemmeno in altre città d'Italia. Nonostante il caldo, nonostante la calca e l'indifferenza della gente. Nonostante gli spettacoli che lui può vedere solo da lontano e i monumenti che può vedere solo da fuori, ma già je bastano così. L'aria è bella, a Roma, nonostante la miseria che traspare dalla presenza di persone come lui. Gli piacerebbe respirarla tutta in una volta, l'aria di Roma, prima che il suo tempo di vecchio mendicante solo e malato si compia.

Lo capisco. Mi sento come lui. Io je vojo bene a sta Roma capoccia, come diceva quel cantante lì. Coi suoi sassi e la gente che l'invade. E vojo bene pure a questo umano che mi somiglia, anche se cammina su due zampe invece che quattro e la coda nun ce l'ha (ma tanto io ce l'ho a metà e siamo pari). E vorrei dirgli che io so' er gatto più vecchio de questa città, e il più scaltro, e prima che la nostra ora scocchi per entrambi, io a quest'omo je vojo fà un regalo. Domani. Stasera mi godo le stelle, quelle poche che se riesce a vede' nella notte non violentata dalla luce dei riflettori.

Nun ce metto molto a farmi capire e seguire. È quasi il
tramonto di un'altra giornata di fuoco. Fuoco da calura,
fuoco dall'inverosimile ressa di umani folli, che corrono,
spingono, si strattonano, per vedere questo e quello.
Stavolta la ressa mi torna utile. Il mio amico, un po'
stralunato perché non capisce poi così tanto, mi ha
seguito fino a qui, fino a piazza s. Pietro. Si sente un
tantino fuori posto, e ce credo. Qui è tutto così divino da
mettere in soggezione. Ma io credo sia proprio il posto
ideale per uno come a lui. Dove, meglio di qui, un senza
tetto può essere accolto? Dove se non nella culla di chi, se
è vero quello che dicono, un bel giorno s'è inventato di
creare i gatti prima, e gli uomini dopo, dopo cioè tutto il
companatico?
La solita folla di pellegrini e di turisti e di curiosi. È l'ora
di chiusura, nun se po' più entra' nei musei, nella cappella
colorata, e nemmeno… nun se può andare su, sopra ar
cuppolone. Ma io proprio sur cuppolone ce vojo anna'
coll'amico mio.
Calcolando tutto al millesimo riesco a distrarre l'addetto
ai biglietti (ma perché se deve paga' pe' fare tutte quelle
scale?) che mi corre dietro, mentre il mio amico, senza
capire come, si ritrova fra l'ultima tornata di visitatori, e
non ha nemmeno pagato… Grande!! Io conosco tutti li
passaggi interni, accessibili solo a gatti e topi, e in un
attimo lo raggiungo. Lui, sempre più frastornato, si è
ritrovato solo, in coda alla coda, e mi vede con sollievo. Ci
sediamo e aspettiamo di ritrovare il fiato. Ci sono più di
cinquecento scalini fino alla cima, alla nostra età non è
uno scherzo. Ma noi non abbiamo fretta. Piano piano, lui
ridendo fra le rughe e io sotto i baffi come di meglio non
posso fare (anvédi, è la vorta che 'mparo a ride!), ci
avviamo lungo la stretta scala. Ogni tanto respiriamo un
po' di venticello dalle finestrelle e poi ricominciamo la
salita. Non c'è nessuno oltre a noi, credo abbiano chiuso

l'accesso. Era quello che volevo. Ad un certo punto la scala si piega su un fianco, è la cupola che si restringe. Vedo il mio amico emozionato e stupito, non se lo aspettava. Alla fine ci arriviamo, a conquistare la cima della nostra personale vetta della vita. Lui esce sul terrazzino e si aggrappa al muro. L'emozione è forte pure pe' 'mme. Abbiamo Roma ai nostri piedi nell'ora più bella, quando il sole ha lasciato la sua impronta rossastra sulla città, dipingendo tutto dello stesso colore. Tutte le formiche sono laggiù, qui con noi solo qualche colombo audace, che nun ce lo sa che qui con me, pure se so' senza denti, rischia le penne…

L'aria è fresca e ci rianima, ci fa sentire i padroni der monno. Vorrei spiegare all'amico mio che lì ce sta er Colosseo, lì Villa borghese, lì casa mia, tutti attorno i sette colli, che hai voglia a cercarli se nun li conosci, e quel serpente luccicante è il Tevere.

Non credo però che questo gli interessi, ora. Avverto, col mio sesto senso, tutta la sua felicità, tutto il suo benessere mentre respira tutta in una volta l'aria di Roma, come aveva sognato. Si accoccola lì dove si trova, incapace di parlare. Amico mio, s'io fossi capace di parlare, oltre che di miagolare, che tu il mio verso roco non lo comprendi, ti direi che quassù io, gatto vecchio e di nessuno, e tu, vecchio e di nessuno pure te, siamo gli ultimi re di Roma. Nessuno ci porta via la corona, nessuno ce la può contestare. Manco il papa, porello, che abita qua sotto. E dirò di più. Se fossi capace di cantare canterei quella canzone che canta sempre Gino e che comincia così: quanto sei bella Roma…

Credo che il mio amico la pensi come me. Perché delle strane gocce di acqua gli stanno uscendo dagli occhi. E siccome io sò Sansone, mica un gatto qualunque, so che quelle strane gocce si chiamano lacrime. Poco ce manca e me le faccio venì pure io.

Ma dove si è visto mai un re di Roma che piagne de ggioia?

NANNI E IL TORO

La Bettina, la Zoppa, la Guercia… Ecco, ci siete tutte bambine, possiamo andare.

Si misero in marcia, Nanni e le sue bambine, come sempre accompagnati dalle corse festose del Santo e dei suoi perentori latrati. Nanni aveva ventidue pecore e un montone, le contava ogni mattina e ogni sera, all'alba prima d'incamminarsi e al tramonto prima di apprestarsi al riposo. Era il suo mestiere, quello che l'occupava tutti i mesi e tutti i giorni dell'anno, quello di cui era fiero. La transumanza poi era lo stile di vita della sua famiglia, faceva parte della componente genetica, rientrava nell'albero genealogico fondato da quel lontano capostipite ormai sconosciuto anche ai parenti più anziani.

Al momento Nanni era solo, con le sue ventitré bestie e il Santo, il cane meticcio dai mille colori che si era guadagnato l'appellativo per la sua incondizionata pazienza. Erano diretti verso i pascoli estivi, in montagna. Avrebbero incontrato presto lungo la strada gli altri pastori, confluendo come i rigagnoli di un corso d'acqua, fino a formare un vero fiume di pecore. Lassù, sul pascolo più alto, l'erba era migliore, il mondo tranquillo, gli animali sarebbero stati a proprio agio. E lui con loro.

Passo dopo passo, seguendo il gregge che riconosceva d'istinto il percorso, Nanni procedeva con la mente sgombra. Non c'era ragionamento o scintilla che accendesse un barlume d'interesse in quella giovane anima. Aveva da poco oltrepassato il ventesimo anno, ma sembrava che la cosa non lo riguardasse. Non festeggiava i compleanni, se avesse dovuto pensarci si sarebbe dato indifferentemente quindici anni o cinquanta. Non aveva completato la scuola. In passato ci era andato solo perché costrettovi. Di solito resisteva qualche mese, poi, ai primi sentori della primavera, abbandonava. Aveva ripetuto due volte la prima elementare, era passato per misericordia in

seconda, per poi essere retrocesso nuovamente in prima.
Infine aveva abbandonato definitivamente. Non faceva
per lui stare dentro quattro mura ad ascoltare
l'incomprensibile, né aveva niente da spartire con quella
bolgia di ragazzini urlanti. E poi c'erano il nonno e il papà
che muovevano le pecore, nasceva qualche agnello, c'era
da tosare e da imparare. Quello sì, era importante. Quello
ti dava da mangiare. La lana, gli agnelli erano ancora
richiestissimi, anche se la fuga del mondo verso il futuro,
con i suoi tempi sbalorditivi, seminava tracce tangibili e
impensabili tutto intorno.

Si sussurrava che forse la lana sarebbe stata presto
soppiantata completamente da materiali sintetici prodotti
in fabbrica. E che forse gli agnelli sarebbero cresciuti in
laboratorio, dentro qualche provetta, senza nemmeno
bisogno di mamma pecora e papà montone, su
ordinazione e a gusto del cliente. Forse allora le stesse
pecore tra poco non sarebbero servite più.

Nanni non ci pensava, non era suo costume farlo. Non
immaginava nulla del mondo futuro, gli interessava poco
anche il passato e del presente viveva ora per ora. Ed era
felice, senza riconoscere la felicità.

Il sole aveva raggiunto il picco massimo del
mezzogiorno. Era, da sempre, l'ora di rifocillarsi. Nanni
tirò fuori pane e formaggio dallo zaino, lo spartì con il
Santo, si distese sull'erba e chiuse gli occhi. Il primo
tepore primaverile, posto a cavallo tra l'arsura estiva e il
gelo dell'inverno, era quanto di più piacevole si sarebbe
potuto provare. Nessuna scuola avrebbe potuto
insegnartelo.

Ma era già ora di ripartire.

Attraversavano un bosco, ora.

Ci volevano diversi giorni di marcia prima di arrivare a
destinazione. L'itinerario prevedeva un paesaggio
piuttosto variabile. Erano già passati in mezzo ad alcuni
paesini, lo stesso capoluogo veniva sfiorato

marginalmente da quella belante massa biancastra.
Inevitabile qualche disagio a chi della natura conosceva
solo il verde dei campi da golf, o di calcio, e degli animali
leggeva il nome sui menu dei ristoranti. Le strade
percorribili dalle automobili erano invase, e non sempre
chi era in macchina aveva la pazienza di stare dietro al
gregge. Ma Nanni e le sue pecore proprio non ci facevano
caso.

Per qualche tempo avevano seguito il corso di un fiume,
procedendo a monte. Ora, come già detto, erano nel
bosco. La pendenza era discreta, il sentiero ben segnato
ma infido, bisognava prestare massima attenzione. Le
pecore tuttavia, indisturbate, procedevano sicure in fila
indiana.

Poco prima dell'imbrunire raggiunsero uno spiazzo
aperto e si fermarono. Mentre distribuiva la razione di sale
a tutte, Nanni cominciò a contarle, perché almeno questo
aveva imparato a farlo, e ad alta voce pronunciava i
pittoreschi nomi delle sue bambine:

"… la Nerina, la Spelata, la Teresa….".

Ne mancava una! Non ci volle molto ad individuarla:
aveva contato tutte femmine, all'appello mancava lui, il
maschio, detto il Toro perché tendeva a dare capocciate,
immaginando forse di avere le corna lunghe come un toro
nell'arena. Ecco, adesso doveva tornare indietro a
cercarlo. Non lo diceva forse anche Gesù che il pastore
lascia novantanove pecore per cercare quell'unica che si è
smarrita? Non che Nanni fosse religioso nel senso stretto
del termine, ma la storiella del buon pastore gli era sempre
piaciuta. Parlava di un argomento che lui conosceva bene,
di cose concrete che poteva capire. Di certo, non voleva
essere meno di quel pastore modello. Figurarsi, il
montone valeva un capitale, non poteva proprio
permettersi di perderlo! Così lasciò il Santo a guardia del
gregge e tornò sul sentiero, mentre ormai stava calando il
buio.

L'oscurità e l'assoluta mancanza di concentrazione sui

propri passi gli giocarono un brutto tiro. Una radice affiorava, un piede la trovò e in un attimo fu tutto un turbinio di polvere e sassi giù per il pendio.

Non andò lontano. L'istinto di sopravvivenza gli fece tendere le mani al momento giusto, seppure alla cieca. Qualcosa vi rimase impigliato, e Nanni si ritrovò appeso ad una radice, messa a nudo dalla piccola frana che lui stesso aveva provocato. Le braccia tese, le mani attorno alla robusta appendice, i piedi nell'aria. Non era il massimo del comfort. Ripresosi dallo shock, fu costretto a mettere in moto gli ingranaggi e fare ciò che raramente faceva: pensare.

Doveva escogitare una soluzione per liberarsi dall'incomoda posizione. Provò a puntare i piedi sul pendio, per farsi leva. Tanto per cominciare. Macché, il terreno franava, non aveva appoggio.

Intanto era notte, e buio pesto. Tentò la risalita a braccia, issandosi sulla radice. Facile pensarlo, ma metterlo in pratica era tutt'altra cosa: lui era di costituzione esile, però la gravità non guarda in faccia a nessuno. In certe situazioni sembra raddoppiare le proprie forze e rende impossibile portare due gambe, pur magre, all'altezza della testa e oltre.

Un'altra possibilità era lasciarsi andare, ma Nanni la scartò subito: non vedeva cosa c'era sotto di lui, non sapeva dove sarebbe potuto andare a finire. Inoltre ricordava in quel tratto un dislivello niente male, ricco di sassi e piante che non aveva certo intenzione di disturbare.

Per fortuna ragionava con lentezza, così si tenne occupato e non si accorse del trascorrere delle ore. Che, altrimenti, avrebbe avvertito nei polsi stanchi, nelle caviglie sempre più gonfie, nei movimenti furtivi delle creature notturne del sottobosco. Non aveva nemmeno paura, tanto era assorto.

Poi si ricordò della corda. Aveva una corda con il cappio

intorno alla vita, se ne serviva ogni tanto con qualche bestia recalcitrante. Poteva usarla per agganciarsi a qualcosa e tirarsi su. Solo che non vedeva a cosa appigliarsi. A dire il vero non vedeva oltre il classico palmo dal naso, giacché anche la luna dormiva, quella notte. Doveva aspettare l'alba. E aspettò, contento in fondo di avere una speranza. Ma ora che aveva risolto l'aspetto teorico della faccenda, gli sembrò che il tempo avesse rallentato la corsa verso il domani, e che il sole avesse rinunciato a sorgere.

Le dita delle mani informicolite erano insensibili, ogni tanto provava a muoverle, ma era una tortura. L'innaturale postura gli rendeva difficile anche respirare. Allora si tirava su sulle braccia, sebbene solo per qualche secondo. Quanto poteva resistere un uomo in quelle circostanze? Non se lo chiese. Resisteva, a fatica, ma con tenacia.

E venne l'alba, e prima ancora il tenue sbiadire della notte riaccese la speranza. Quando fu sicuro che la stanchezza e la penombra non gli ingannassero gli occhi, Nanni guardò in giro finché non lo trovò: lassù, il tronco spezzato di un albero sul sentiero poteva essere l'ancora che lo avrebbe salvato.

Lo srotolare la corda dai fianchi con una mano sola, dopo tante ore in estensione, si trasformò in una dolorosa acrobazia da funamboli. Peggio ancora tentare il lancio, alternando la presa sulle mani ormai anchilosate e quindi imprecise. Diversi tentativi fallirono. La corda precipitava nel pendio senza sfiorare nulla. Per fortuna Nanni riuscì a non perderla mai, ma ogni volta era sempre un po' più stanco e un po' più depresso.

Finalmente la benedetta fune arrivò sul sentiero. A mezzo metro dal tronco.

Il giovane non ce la faceva più, non aveva più la forza di tentare ancora. Stava per mollare tutto, esausto, quando udì un movimento sopra la testa. Il Toro lo stava guardando. Chissà dov'era stato, chissà com'era ritornato. Ora era lì e lo fissava dall'alto in basso.

Nanni non aveva un bel rapporto con lui. Il montone era ostinato, stupido e bizzoso, più di una volta aveva meritato il bastone, dimostrandosi poi ancora più cocciuto. Mai visto un animale più cretino e difficile. Non se n'era liberato solo perché era dotato di una lana splendida e folta, e inoltre era un formidabile riproduttore. Lo sconforto riassalì lo sfortunato pastore. Cosa poteva aspettarsi da una bestia simile? Fosse stato il cane, più intelligente, lo avrebbe certo aiutato, magari andando a cercare qualcuno. Ma il Santo era dove doveva essere, a guardia del gregge.

Il Toro invece non si spostava di un millimetro. Con gli strani occhi dalla pupilla oblunga e tagliata, caratteristici della sua specie, fissava il padrone con una certa intensità. Guardò la corda, con un capo accanto al tronco e l'altro nella mano dell'uomo. Andò più volte con lo sguardo da uno all'altro.

Reprimendo una fino ad allora sconosciuta voglia di piangere e non sapendo come altro sfogarsi, Nanni prese ad ingiuriare il quadrupede.

"Stupido, idiota di una bestia, sei contento ora? Non credere di cavartela, lasciami tornare su e vedrai se non lo assaggerai ancora il mio bastone. Bestiaccia, è solo colpa tua se mi trovo qui, appeso come un salame. Dovevi proprio andare a spassartela? Se almeno fossi appena un po' più intelligente! Potresti aiutarmi, poi io saprei ricompensarti. Invece, stupido come sei, mi lascerai a morire qui. Lo so, ne saresti felice, ma te lo giuro, anche da morto verrò a bastonarti, a darti quello che ti meriti. E smettila di guardarmi in quel modo, imbecille!!!".

Il Toro sarà stato anche stupido, ma, come si è già detto, era cocciuto e non se ne andò. Anzi, a smentire la tanto decantata mancanza d'intelligenza, alla fine riuscì a capire come stavano le cose. Comprese anche che si trovava di fronte ad una scelta. Continuò a fissare il padrone, ormai stremato. Nell'inquietante sguardo ovino si affacciarono i ricordi di una vita di bastonate. Ora avrebbe potuto girare il posteriore e andarsene, libero per sempre. Eppure... quello era il suo padrone, li univa una certa affinità. Non sarebbe stato bello senza l'uomo, la libertà più assoluta lo avrebbe privato del piacere di litigare con lui e di non dargliela mai vinta.

Si avvicinò alla corda, ancora inerte sul sentiero, e l'afferrò con la bocca. Doveva stare attento: i suoi denti, abituati a tranciare sterpaglie, potevano recidere l'esile filo che reggeva una vita. Lo portò con delicatezza fino al tronco spezzato, che infilò giusto nel cappio. E attese.

Nanni era incredulo. Ormai l'alba era arrivata e anche passata, la luce piena aveva perforato il bosco e lo aiutava a vederci bene. Non poteva sbagliarsi, non era uno scherzo dei suoi occhi stanchi. La mente stentava a spiegarsi l'accaduto, ma se già in condizioni normali non brillava per acume, non si poteva pretendere che fosse più acuta dopo una notte di veglia in una situazione insolita e difficile.

Un belato impaziente lo scosse. Il Toro cominciava a credere che ci fosse al mondo qualcuno più stupido di lui.

Facendo un ultimo, disperato sforzo, Nanni riuscì ad appoggiarsi con un braccio alla radice e con l'altra mano ad assicurarsi la corda in vita. Con un sospiro si lasciò andare, sbatté contro la parete friabile e non volo giù. Rimase appeso.

Dopo un attimo di comprensibile smarrimento si issò, lentamente, ma con sicurezza, e quando arrivò sul solido sentiero baciò la terra, finalmente libero di bagnarla con le proprie lacrime. S'inginocchiò davanti al montone, cercando di abbracciarlo, ma l'animale gli diede le spalle e s'incamminò in cerca del gregge. Si voltò solo per un attimo. Nel suo sguardo di ovino stupido brillava la luce della sfida: vieni a bastonarmi, ora.

CUORI SENZA FRONTIERE

ORE 23.00.
Yesser era stufo di studiare. Nella tiepida notte
mediorientale mille aromi: profumo di fiori, di primavera,
di vita. Tutto invogliava a uscire, a camminare
fischiettando e ringraziando Allah per la sua grande e
illuminata presenza. C'era gente per strada. Non si udiva
sparare nel cuore di Gerusalemme; la paura poteva essere
accantonata, almeno per quella sera. Yesser decise di
raggiungere il bar e cercare qualche amico.

ORE 23.00.
Mosheh piangeva in silenzio. Non era virile mostrare le
lacrime in pubblico. Ora, solo nel letto d'ospedale, poteva
dar sfogo al fiume amaro e salato represso da tanto
tempo. Per compagnia, nient'altro che il brontolio
dell'ossigeno: attraverso un sottile tubo trasparente gli
soffiava nei polmoni l'alito vitale. Poco prima il ragazzo
aveva appena superato l'ennesima crisi, ancora una volta
per un soffio. Ogni volta era sempre più dura. Il dottore
era stato esplicito. La salvezza consisteva solo ed
esclusivamente in un trapianto di cuore. Dio di Abramo,
Signore d'Israele, dove sei? Perché reclami la mia giovane
vita? Ma soprattutto, perché la vuoi spegnere in questo
modo? Più giusto, più santo sarebbe stato morire in una
divisa mimetica con il fucile in mano. Morire da eroe,
combattendo una guerra giusta, come la divisa di soldato
imponeva. Morire nel tentativo di eliminare i cani
musulmani dalla Terra Santa.

ORE 23.30.
Yesser, seduto al tavolino del bar, sfidava la sorte. Era
un grosso rischio per un palestinese trovarsi in una zona
di frontiera come quella. Il piccolo quartiere era arabo, ma
si trovava in mezzo a due insediamenti ebraici. Lì Yesser
era di casa, ci aveva abitato da piccolo e aveva ancora

delle amicizie. Presto sarebbero arrivati i suoi amici.
Erano israeliti, certo, ma come lui erano ragazzi che
credevano in un futuro diverso. Credevano che, sotto il
cielo limpido della Palestina, quell'unico imparziale sole
che illuminava le colline di Gerusalemme avrebbe scaldato
un popolo eterogeneo, sì, ma amalgamato, perché tutti
avrebbero vissuto in armonia.

Assorto nei suoi pensieri di libertà Yesser non badava al
pericolo. Aveva sentito di un nuovo attentato a Tel Aviv.
Un altro palestinese, appena sedicenne, figlio di un suo
vicino di casa, si era fatto esplodere su uno scuolabus.
Ancora morti, tanti, troppi. Ancora una volta bambini, i
più innocenti, quelli che senza colpa pagano per l'odio dei
padri. Fratelli contro fratelli, divisi da un confine
invalicabile, fatto di antiche prevaricazioni, odio primitivo,
una diversità religiosa forse solo apparente: chi poteva
sostenere come cosa certa, difatti, che Dio e Allah non
fossero la stessa cosa? In fondo, non si era tutti "a'nas",
cioè "umani"?

Yesser, come tutti gli altri, sognava che la terra in cui
aveva visto la prima luce della sua vita diventasse uno
Stato vero, riconosciuto dagli altri Paesi. Non sapevano
che farsene di uno Stato di carta. Se il sogno si fosse
realizzato, tutte le nazioni avrebbero dovuto portare
rispetto all'ultima nata. Anche Israele. Nell'ideale così
apparentemente utopistico di Yesser i due Stati avrebbero
vissuto fianco a fianco, in armonia, dividendosi
equamente i luoghi sacri, le dolci colline, la buona terra.
Quello che è giusto è giusto. La pace però, nel sogno,
sarebbe stata raggiunta diplomaticamente. La guerra
sarebbe stata dimenticata, o portata come esempio da non
seguire, i cannoni avrebbero taciuto per sempre, la parola
attentato sarebbe stata cancellata da tutti i vocabolari. Il
sangue non avrebbe più bagnato la sacra polvere di quelle
strade. Per questo stava studiando legge, voleva dare il
proprio contributo pacifico, una volta laureato e gettatosi
nella mischia politica. Gerusalemme, culla dell'umanità,

non sarebbe stata divisa in tre spicchi, uno musulmano, uno ebreo, l'altro cristiano; non sarebbe stata contesa da tutti, fonte di odio e disordine, rivendicata da tre Padri crudeli ed egoisti. Gerusalemme sarebbe stata libera, senza alcuna frontiera politica o religiosa. Sarebbe diventata il simbolo dell'unità e dell'amore universale.

ORE 23.30.
Mosheh chiuse finalmente gli occhi. Sfinito. Il vecchio tiranno che aveva nel petto, esausto, aveva deciso di concedergli una proroga. Padre, sia fatta la tua volontà.

ORE 24.00.
Yesser fissò negli occhi un ragazzino in moto. La gioventù di oggi scriverà la storia domani, pensò; questo ragazzino rappresenta il futuro, la speranza. Invece era la sua morte. Il ragazzino gli passò accanto, lo riconobbe per il nemico, leggendoglielo sul volto. Estrasse una pistola e mirò alla testa. Fuoco. Centro.

ORE 1.30.
Mosheh si svegliò fradicio, ansante. Un sogno. Il lampo di uno sparo davanti agli occhi, una fiammata, poi tutto rosso. Una mano tesa verso di lui, forte, bruna, giovane, proprio come la sua prima della malattia. Era un segno che sarebbe potuto tornare a combattere.

ORE 2.30.
Una famiglia piangeva un figlio, un fratello. Yesser giaceva immobile su un bianco lettino, irraggiungibile. L'ansare ritmico del respiratore automatico, le urla lamentose della madre, della sorella. Il padre, un pover'uomo invecchiato in un attimo, non aveva nemmeno il tempo di piangere il suo unico figlio maschio. Una dottoressa cortese, ma decisa, gli aveva spiegato. Yesser era morto. Il proiettile aveva devastato il cervello, quel giovane cervello così intelligente e ricco di ideali, che

voleva unire le disuguaglianze con la sola forza delle parole. Quel cervello non c'era più. Ma c'era il cuore, che ancora batteva perché riceveva l'ossigeno meccanicamente. Un cuore che poteva salvare una vita. Si poteva avere il consenso per l'espianto? Poco tempo per decidere. Nel frattempo i dati dei tessuti del ragazzo morto erano già partiti per strade informatiche, nei computer del centro trapianti, alla ricerca di un possibile ricevente.

ORE 4.00.
Mosheh fu nuovamente svegliato, in quella convulsa notte insonne, da Leah, l'infermiera del turno notturno. Cosa gli stava dicendo... Forse c'era un donatore. Non doveva illudersi, ma poteva sperare e pregare.

ORE 4.15.
Il padre di Yesser fu informato che un candidato a ricevere il cuore si trovava in quello stesso ospedale. L'ultima spiaggia per un giovane; un giovane israeliano. Doverosa la precisazione. Ma il padre assomigliava al figlio, non aveva pregiudizi. Yesser sosteneva che si era tutti "a'nas", e lui era d'accordo. Yesser sarebbe stato felice di salvare una vita, anche se ebrea, e il padre concordava anche in questo. Aveva già deciso. Però chiese e ottenne due cose: di avere la certezza che il Corano non vietasse questo scambio d'organo e la garanzia di seppellire il corpo entro il giorno successivo, come prescritto.

Gli esperti del Sacro Testo, interpellati in tutta fretta, ma con grande umiltà e franchezza, non ebbero dubbi, né dovettero consultarsi a lungo. Non era scritto che non si potesse donare qualcosa di sé ad un ebreo. Si poteva fare.

Un ultimo sguardo. Addio, figlio. Qualcosa di te rimarrà ancora in questa vita.

ORE 8,30.

L'intervento era in pieno svolgimento. Per un attimo, lungo un'eternità, il chirurgo ebbe tra le mani, uno per parte, due cuori che avrebbero dovuto odiarsi. Erano perfettamente identici. Dal mondo esterno giungevano, di tanto in tanto, notizie di una sconfortante normalità. Un attentato, una ripicca. Due morti palestinesi per un morto ebreo. L'intifada araba, la repressione israeliana. Funerali e sangue. Frontiere chiuse dai posti di blocco. Frontiere figlie dell'odio. Città divise, barricate insormontabili che accecavano la ragione. Parole senza senso, in quell'attimo sospeso. L'uomo vestito di verde, nel silenzio della sala operatoria, contemplò emozionato quei cuori. Uno di essi si sarebbe fermato solo perché stanco, ma l'altro avrebbe compiuto ancora il proprio dovere. Anche in un petto "nemico". Il chirurgo sospirò, superò il momento magico e continuò il suo piccolo, grande miracolo.

TRE GIORNI DOPO

Forse era di nuovo notte, là fuori. Mosheh, dalla sala di terapia intensiva, riusciva a stento a contare il tempo. Non che gli importasse. Era tutto tempo prezioso, guadagnato. Il suo nuovo cuore palestinese era forte, lo sentiva lavorare imperioso, desideroso di vita, e lui si gustava ogni battito. Ancora non riusciva a crederci. Per tutta la sua breve esistenza aveva odiato i "cani musulmani". Grazie alla politica governativa aveva creduto che arruolarsi volontario nell'esercito avrebbe dato uno scopo alla vita. Distruggere il nemico, vendicare secoli di oppressione, era stato l'unico obiettivo che lo aveva fatto sentire vivo. Invece ora doveva ringraziare uno di loro se era ancora al mondo. Forse aveva sbagliato tutto. Forse gli avevano insegnato qualcosa di sbagliato.

Ora un altro palestinese aveva trovato posto, un posto che già gli spettava, in quel nuovo cuore. Il padre del suo salvatore. Nel vederlo, con gli scuri occhi liquidi di lacrime inespresse dietro la maschera sterile, aveva provato l'impulso di prostrarsi ai suoi piedi e abbracciargli

116

le ginocchia. Solo i cavi dei monitor e i tubi delle flebo lo avevano trattenuto. Ma quando il vecchio lo aveva ringraziato per aver accolto il cuore del figlio, era esploso il pianto liberatorio. Non pensava più a mostrarsi virile. Si sentiva piccolo e immeritevole di un dono così grande. Aveva tante cose da dire a quel sant'uomo, ma le parole gli si affollavano alla bocca precipitose e s'impedivano a vicenda. Ora piangeva anche il vecchio, stretto a lui, lacrime arabe mescolate a lacrime ebree, identiche.

Aveva ragione Yesser, aveva ragione suo padre e adesso lo sa anche Mosheh: siamo "a'nas", siamo umani. Tutti.

ORO

Da sempre sognavo di essere sotto i riflettori. In quei sogni brillavo intensamente, in parte per merito mio, in parte grazie alla luce riflessa di decine di piccole lampade abbaglianti, disposte ad arte per esaltare il mio fulgore. Un'ambizione esagerata per una piccola pepita d'oro come me?... Me lo chiedo ora, qui, nella mia ultima e oscura dimora, sconfitta e inutile cosa senza più valore.

Nel buio delle viscere della terra ero nata come polvere, vale a dire meno di niente nella scala dei valori universali. Eppure sentivo che non sarei rimasta così per sempre, che il mio destino era un altro. Transitavano i secoli; i mutamenti erano lievi. Lì sotto tutto era scuro, caldo, avvolgente. Ogni tanto uno scossone sismico rimescolava le poche certezze e si dovevano recuperare gli equilibri del quieto vivere. Erano questi gli unici fatti insoliti del microcosmo che mi ospitava.

Io intanto, ostinata, mi sviluppavo, con infinita lentezza, ma progressivamente. Radunavo altri granelli di polvere vicino a me, aspettando che il calore del grembo terrestre ci fondesse fino ad inglobarci in un tutt'uno. L'unione fa la forza, certo, e io, crescendo, diventavo sempre più forte. Stranamente ero anche malleabile, dal cuore tenero: cambiavo forma e dimensioni a seconda del caso, dello spazio che riuscivo a rubare, delle ribollenti e immani forze sotterranee che mi scindevano nuovamente in piccoli pezzi e delle variazioni di temperatura che invece tornavano a rinvigorirmi.

Così era la mia vita, allora; niente avrebbe dovuto farmi pensare a qualcosa di diverso del buio. Eppure sapevo che esisteva, lo sentivo e, nei miei sogni, lo vedevo. Ci credevo con tutte le mie forze. Le mie sorelle pepite, i piccoli granelli, qualche ammasso più grosso e più anziano, tutti oro come me, non avevano aspirazioni, non mi capivano e non potevano rispondere ai miei

turbamenti. Non si spiegavano perché sognassi tanta luce.
Non lo sapevo neanche io.

Un giorno gli eterni scombussolamenti del terreno
fecero arrivare vicino a me un piccolo corso d'acqua.
Niente d'eccezionale, un rigagnolo appena, sfuggito al
controllo della vena madre, ma bastò a sconvolgere il mio
quieto trasformismo. Innanzi tutto quell'acqua era viva!
Poteva scorrere, muoversi, andare ovunque le piacesse. Mi
passava proprio davanti e piano piano riuscimmo a
entrare in contatto. Che splendida sensazione! Lei era
fresca, allegra, chiacchierona, facemmo amicizia e questo
allargò i miei orizzonti, offrendomi nuove prospettive.
Aveva viaggiato molto, mi spiegò. Il suo era un ciclo
continuo che pur non mutando mai riusciva ad essere
incredibilmente vario. Dal centro pulsante della terra
sarebbe emersa in superficie, toccando tutti i Paesi di un
mondo che non conoscevo. Poi si sarebbe mimetizzata
nell'aria e, leggera lacrima, avrebbe sfiorato il cielo, per
poi precipitare, lievemente o con prepotenza, al punto da
cui era partita.
Era affascinante stare ad ascoltare quel mormorio
vivace, continuo, mai monotono. La sua conoscenza era
immensa! Mi descriveva il mondo fuori degli stretti
confini del sottosuolo.
La luce... Bruciavo dal desiderio di vedere la luce, i
colori, le altre forme di vita, e sentire un calore diverso,
quello del Sole, su tutto il mio piccolo corpo.
Tutti mi pregavano di starmene buona, che lì dove mi
trovavo avrei vissuto pacificamente e in eterno. Ma quella
non era vita. O per lo meno non era la più adatta a me,
che aspiravo a qualcosa di meglio. Tanto più che l'acqua
un giorno mi fece uno strano racconto.
"Sai," mi disse "quelle come te sono molto ricercate
dagli umani. Questi esseri bizzarri, che si dice siano
pensanti, sono capaci di uccidere i loro simili per
raccogliere tutto l'oro possibile. Lo vedo quando

trasporto lassù minutissime scaglie d'oro, anche molto più piccole di te".

Non capivo bene cosa significasse "uccidere", ma decisi che non era importante. M'interessava invece sapere che cosa volevano quegli strani esseri da noi.

"Non lo sai?" fu la risposta. "Guardati, studia le peculiarità che hai intrinseche. Il materiale di cui sei fatta è considerato assai prezioso. Per la duttilità, la capacità di trasformarsi, la relativa rarità con cui si trova in superficie e chissà che altro".

E proseguì il racconto, assolutamente fantastico, di come l'uomo riuscisse ad ottenere da noi molteplici oggetti dalle forme e dagli usi più svariati. Era capace perfino di farci convivere con pietre che riteneva avessero un enorme valore: diamanti, rubini, zaffiri. Quelle stesse pietre che qualche volta incontravo quaggiù nei continui movimenti interni, senza peraltro degnarle di considerazione. Fatto sta che da quelle improbabili unioni nascevano i "gioielli" che facevano impazzire gli umani. Avrei voluto vederne almeno uno, di quei cosi, per capire, e chiesi aiuto all'acqua. Non mi rispose, anzi, per qualche tempo tacque. Pensava. Sentivo che si stava allontanando da me. Aveva voglia di cambiare il proprio corso.

Intanto arrivò la novità, sull'umida scia della mia amica. Qualcosa venne a sbattere su di me con un rumore curioso, poi si presentò: era un "anello". Dovetti riconoscere che in qualche modo mi era simile, a prescindere dall'aspetto. Mi ritrovavo in lui, mentre sfioravo la superficie senza spigoli o protuberanze. E lo invidiai. Un unico rilievo, anch'esso liscio, arrotondava le sue forme: una "perla", una bellezza rara nata da una creatura marina. Un'unione felice. Mi confidarono entrambi sognanti che da quando era avvenuto il cambiamento avevano vissuto solo dei bei momenti. Erano stati a lungo in un posto molto illuminato, giorno e notte (una "vetrina"). Poi avevano viaggiato, di mano in mano, di Paese in Paese, in una promessa eterna d'abbagliante felicità. Proprio il mio sogno: luce, vita, incanto... Quella luce ardeva dentro di me, ne ero sicura, volevo disperatamente estrarla e mostrarla al mondo!

L'anello dopo un po' cominciò a soffrire per l'oscurità.

"La mia vita non ha valore se non posso esibirmi. Devo andarmene. Qualcuno mi troverà e soddisferà le mie esigenze".

Se ne andò così com'era arrivato, lasciandosi trasportare dall'acqua. La quale ne approfittò per sperimentare un nuovo percorso che l'avrebbe comunque condotta verso la libertà.

Io ero troppo pesante; mi sforzai, lo giuro, ma non riuscii a seguirli.

Rimasi ancora molto tempo a ripensare a tutti i racconti del mio parente anello e dell'amica acqua. Si rafforzò in me la voglia di farcela a tutti i costi. Doveva però baciarmi, anche solo un po', la fortuna. Fui accontentata.

I movimenti tellurici intrinseci della crosta terrestre mi spinsero verso la direzione giusta. Non ero dunque così in profondità! Intorno a me dei rumori nuovi, dei colpi sordi che mi venivano incontro. Colpi di piccone, sempre più vicini... Qualcosa o qualcuno mi afferrò, mi soppesò, mi sballottò infinite volte, e poi fui fuori da quella che era, come scoprii in seguito, una miniera a cielo aperto. Un luogo di dannati, dove avidità e miseria andavano di pari passo. Ma non ebbi il tempo di accorgermene subito. So solo che fui accecata per un attimo dal chiarore intenso e poi rimasi senza fiato. Conobbi finalmente il Sole, il suo meraviglioso e dolce tepore. Sentii una musica nuova, la voce del vento, assaporai la sua carezza. Riuscii a rimanere sorda ai rumori disperati che parlavano di dolore e tormento. Volli gustare la mia prima sensazione di libertà. Già mi sentivo fondere per l'emozione, assaporavo estatica la metamorfosi trionfale.

Non ebbi mai modo di sapere esattamente cosa successe da un certo punto in poi. La mia non rimase solo una sensazione, fui realmente liquefatta, maneggiata, piegata, ma non me ne accorsi, non provai nulla. Fino a che seppi di essere rinata. Ero io, proprio io, con una nuova forma: cerchio perfetto, non un graffio sulla mia nuova pelle lucida e splendente. Ero un anello! La perfezione in assoluto, quello che dentro di me avevo sempre saputo di essere. L'unica stonatura era rappresentata da un mio pallido cugino, un pezzettino d'oro bianco che s'intrecciava a me per un tratto. Niente pietre quindi nella mia nuova veste, bensì la parentela! Scoprimmo di andare d'accordo, tanto che presto ci scordammo d'essere diversi e il nostro abbraccio divenne un punto di forza. L'armonia tra noi era evidente e fu così che finimmo in vetrina.

Meraviglia delle meraviglie! Di giorno, il sole mi scaldava attraverso il vetro. All'imbrunire decine di minuscoli riverberi accendevano la vetrina, permettendomi di dare il meglio di me. Calde stelle scintillanti si dipartivano dal mio cuore lucente per scivolare sull'allestimento illuminandolo. M'inebriavo di me stesso, vanitoso e felice per quella magia. Ero guardato, ammirato, indicato a dito da una folla di persone al di là del vetro e dei miei sogni. Le tenebre erano sconfitte per sempre. Inoltre, avendo perso l'ignoranza accumulata in secoli di sprofondamento, cominciavo a comprendere qualcosa di più di questo insolito mondo. Cominciavo a conoscere gli umani.

Era un gioco divertente indovinare dietro quelle facce una storia, un desiderio, una vita. Due fidanzati che, immaginavo, sarebbero entrati nel negozio ad acquistare le fedi per il matrimonio. L'uomo benestante che lanciava appena un'occhiata alla vetrina, indifferente al costo degli articoli esposti. Un omaggio senza tempo e senza prezzo a lei, che lo accompagnava da sempre nel proprio cammino.

Figure anonime si fermavano a lungo davanti a me, a noi, attratte dai bagliori, ammirando e sognando. Potevo percepire nell'aria un fumo denso di sospiri, la fiduciosa speranza di avere la possibilità, prima o poi, di un acquisto milionario, per un amore ancora da sbocciare o solo per festeggiare una svolta fortunata.

Per costoro nutrivo una grande simpatia, a dispetto della mia falsa durezza. In quelle fantasie ritrovavo le mie, in quel credere in una vita migliore si rispecchiavano i ricordi del passato. Cercavo allora di accendermi ancora di più, ma non per aumentare la tristezza. Volevo che si afferrasse il mio messaggio: qualsiasi meta può essere raggiunta se non ci si arrende. Io ne ero la prova.

Non so dire quanto tempo rimasi esposto in vetrina. Ma, doveva pur succedere, finii per essere acquistato. Divenni parte inscindibile di una signora di mezza età che aveva deciso di farsi un regalo. Capii che era una donna ricca dal numero di miei simili che incontrai a casa sua. Collane, braccialetti, anelli e medaglie, d'oro e pietre preziose; non solo, ma anche stoviglie, quadretti e quant'altro. Una vera fortuna, calcolai. Ormai conoscevo i parametri usati per calcolare il valore degli oggetti. Per me andava bene, almeno ero in compagnia e potevo spettegolare. Ero diventato molto ciarliero da quando ero rinato. Non mi annoiavo mai. A differenza degli altri, io ero l'unico prezioso che la signora portasse sempre con sé. Ero sempre al suo dito, in ogni occasione. Era così fiera di me, della mia semplicità allo stesso tempo pura, elegante, delicata. Quel breve tratto costituito da mio cugino, poi, era un tocco di finezza. Così mi descriveva alle amiche, e questo accresceva il mio vanto, mentre vivevo quell'esistenza gloriosa cui agognavo dall'inizio dei tempi! Grazie alla mia adorata padrona ho conosciuto saloni sfavillanti dove miriadi di gioielli erano esibiti intorno a mani, colli, dita, proprio come me, in una strabiliante gara di splendore. Ho frequentato ambienti, cui accedevo finalmente per diritto di nascita, dove il lusso era sovrano e il mio ruolo sempre in primo piano. Una girandola di vita frenetica, fantastica, luminosa. Era tutto perfetto.

C'era però qualcosa che non avevo ancora imparato, purtroppo. La caratteristica di quelli come me è di vivere praticamente per sempre. Le altissime temperature possono fonderci, farci bollire, trasformarci, ma non distruggerci. Forse solo qualche acido riesce a corrompere la nostra purezza, a volte può disperderci. Mai annientarci. Non sapevo che l'esistenza umana invece avesse un termine. Come potevo immaginarlo? Come potevo prevedere che a causa di ciò anche la mia vita avrebbe avuto fine? Perché la cara signora mi ha voluto così bene, che quando ha sentito vicino il capolinea, ha dato nel testamento indicazioni molto precise: mi ha voluto con sé anche nella tomba, per l'eternità.

Nei miei sogni da pepita questo non c'era, non era previsto. Il mio compito, la mia ambizione, era di risplendere all'infinito, di unire il mio riflesso a quello del Sole per tramandarlo nei millenni. E invece, nata sotto terra, sotto la terra sono tornata. Per la mia disperazione, per la febbre che mi assale nell'oscurità, per l'angoscia di essere sprofondata nuovamente nel buio, per la mia solitudine che non potrà mai essere più totale.
Io che sarei stata una perfetta divinità di luce mi ritrovo qui, in un infelice rientro nell'oblio del ventre materno.
Perché?
Sarà davvero finita così?
Per sempre?

PARTENZE E SPERANZE

Non ci avresti mai creduto se te lo avessero predetto,
eppure sei qui. Uno fra tanti. Uno nella folla, anonimo tra
gli anonimi. La stazione del tuo paese, un punto lontano
sulla costa occidentale della Sicilia, è piccola, eppure
quanta gente. Ti guardi in giro, incazzato, furioso con il
mondo, ma in realtà non vedi oltre il confine del tuo
malessere. Non un'anima lì a salutarti. Non hai voluto
nessuno.

La giornata è bellissima, calda, come solo questo
meridione sa essere anche in settembre. Il vento di
scirocco ti porta il profumo del mare e a te viene da
piangere. Per quanto tempo non potrai più annusarlo? Le
tue narici frementi fiutano avidamente la salsedine, da
tossicomane.

Arriva il treno, la gente si muove, si accalca sul binario.
Valigie, bagagli, zaini, turisti, studenti, pendolari,
viaggiatori casuali. Emigranti. Come te.

Partiamo stasera, con il buio. Dobbiamo evitare i militari, ce ne
sono tanti. Non vogliono che partiamo, l'Italia non ci vuole,
l'Europa non ci vuole, forse il mondo intero non ci vuole. Così ci
dicono. Io però so che non è vero. So che quando attraverserò il mare
troverò gente ospitale che mi accoglierà, mi sfamerà, mi darà da
lavorare. In quasi tutta l'Africa l'ospite è sacro, gli apriamo la
nostra casa, dividiamo con lui il poco che abbiamo. Lo so, sarà lo
stesso in Italia. Gli uomini che stanotte ci metteranno a disposizione
la loro imbarcazione ce lo hanno assicurato. Ho venduto tutto il
poco che avevo per pagare il viaggio. È giusto pagare. Mi danno la
possibilità di cominciare una nuova vita. Non ho paura di
ritrovarmi con le tasche vuote. Le riempirò del mio lavoro.

Ecco, il treno si è messo in movimento. Non hai voluto
sederti, sei in piedi nel corridoio, lo zaino per terra da una
parte, un borsone dall'altra. Fra tre ore, più o meno, sei a
Palermo. Non è che da seduto saresti stato meno triste o

125

meno arrabbiato. Fra tre ore ti ritroverai in un'altra
stazione, ad aspettare un altro treno, uno dei tanti che in
quasi ventiquattr'ore, un'eternità, ti porterà al Nord. Ti
porterà a un lavoro e uno stipendio fisso. Qui non ce n'è
per te, tuo padre ha ragione, detesti doverlo ammettere
ma ha ragione. Hai quasi trent'anni, finora ti è andata
bene vivere sulle sue spalle, ora che non è più possibile
devi crescere. Si diventa grandi quando si comincia a
essere produttivi. E la produttività è del Nord. Il Sud è
gioia di vita, calore, la tua infanzia senza pensieri persino a
quest'età che fanciulla non è più. Ma il Sud non è lavoro.

Restando in piedi puoi guardare meglio dal finestrino. Il
treno si muove, cigolando, chi non è seduto o aggrappato
sbanda un po'. Sulla banchina non c'è più nessuno. Gli
addii sono stati pochi. Dopo tutto questo treno va solo in
città.

Come sulla tavolozza di un pittore risplendono i colori
rassicuranti della tua terra.

Il sole è una palla infuocata nel cielo rosso e azzurro
della sera. Le case bianche del tuo paese diventano rosa, si
accendono di luce propria. Solo ora che ti vengono
incontro dal finestrino ti accorgi di quanto possano essere
belle nella loro semplicità, così familiari, confortanti.
Guarda, ora si vede il campanile barocco della tua
parrocchia. Pensi a don Vincenzo, che quand'eri bambino
ti prendeva a schiaffi se ti vedeva fumare o frequentare
cattive compagnie. La gola ti si stringe in un groppo. Ma
tra poco, oltre le case, oltre le campagne, vedrai per un
po' l'azzurro intenso del mare e ti passerà.

*Il sole sta per andare a dormire. Raduno le mie poche cose in un
borsone. Mi hanno raccomandato di non portare grossi bagagli, il
posto sulla barca non è molto. Mia madre mi guarda e piange. Non
capisco perché. Io parto per cercare lavoro e quando lo avrò trovato la
farò venire da me. Con mia moglie e il mio bambino. La mia donna
invece è forte, non piange. Non più. Lei sa che la chiamerò presto.
Sa che se vogliamo vivere questa è la nostra ultima scelta. Ho già*

trent'anni, sono un uomo che sa fare molte cose, ho forza e abilità nelle mani e sono andato a scuola. Da piccolo sono stato in una missione italiana, ho imparato quella lingua. I missionari non potevano tenermi con loro, una volta diventato grande dovevo trovare la mia strada, dicevano. Ed ecco dove mi ritrovo. Con mia moglie e mio figlio e mia madre cacciati dalla miseria, dalla guerra tra fratelli, la cui pelle è dello stesso colore scuro della nostra, sospinti tra una frontiera e l'altra. Di fronte il mare, alle spalle il fuoco. E nessuno che ci tenda una mano.

Termina qui la mia strada? No. Prosegue oltre il mare, ne sono certo. Là dove non si spara, dove c'è da mangiare per tutti e chi vuole lavorare è accontentato e rispettato. È in Italia, la mia strada.

È l'ora del tramonto. Devo andare.

Eccolo, il tuo fratello mare. Calmo, lucido, scintillante, accoglie paziente il rosso disco del sole al tramonto. Non è vero che il nodo ti passa, la gola ti si stringe ancora di più. Avevi creduto di non poter mai abbandonare quella profonda azzurrità, la culla della tua infanzia. Non è per lui che hai sempre rinviato qualsiasi decisione? Per il mare, per quella sensazione di libertà assoluta più importante di un impiego stabile. Nessuna poltrona, nessun posto in fabbrica, nessuna busta paga certa poteva essere altrettanto allettante. Certo, c'era anche il fatto che facevi una vita comoda, pensava a tutto papà, tu responsabilità non dovevi averne. Ma quel mare era la tua vera amante, la tua vera passione. Sei legato a lui come a niente altro. Hai imparato a nuotare prima ancora che a camminare. Guardando dall'alto, a pelo d'acqua, gli scogli dei fondali e la vita che lì sotto fremeva ti sembrava di volare. Hai sempre mantenuto il contatto con l'acqua, d'inverno come d'estate, per lunghe nuotate solitarie, escursioni sottomarine, ma anche per gite in barca senza meta. O solo per passare ore a scrutarvi, tu e il mare. Per un po' avevi sognato di diventare pescatore, di vivere tutta la vita su una barca. Ma papà aveva insistito, premuto, spinto, affinché ti laureassi. Ci hai impiegato otto anni, sei diventato un dottore in Economia, e la laurea l'hai nascosta nel cassetto. A che ti serve, ora, quel pezzo di carta, quando vorresti solo il mare a rincuorarti? Lui ti accompagna, ora, ti segue, ti chiama. Dio, se ti chiama! Senti forte il suo richiamo, al di sopra dello sferragliare del treno, delle chiacchiere estranee e le assurde suonerie dei cellulari. La voce del mare è dentro le tue orecchie e nella lacrima che vuole uscire prepotente, e che tu ricacci indietro con la forza.

È notte, siamo tutti sulla riva al buio ad aspettare la "nave". La chiamano nave, ma chissà cosa arriverà. Altre notti sono venuto a vedere gli altri partire, cercando il coraggio per farlo anch'io. Sapevo che dovevo farlo, ma come? Quando?

Intanto vedevo persone ammassarsi in trenta su barche per dieci posti, in cinquanta su barche per trenta, in duecento su imbarcazioni per cento. Le chiamano "navi", qualunque sia la loro portata. Io invece so per certo che sono dei mostri, così antichi che stentano a muoversi. Così feroci che, per soddisfare una fame senza fondo, spesso reclamano vite umane. Quelle vite in esubero per le loro capacità che non ce la fanno a trasportare. Zavorre paganti.

Ho rimandato a lungo la decisione, non volevo finire anch'io tra le zavorre. Ma il terrore negli occhi di mio figlio al rumore degli spari fuori dal villaggio e le lacrime della mia donna che temeva per la sopravvivenza del piccolo e la nostra mi hanno spinto.

Stasera mi ritrovo anch'io in mezzo ai tanti. Saremo forse un centinaio. Mi guardo intorno: bambini, uomini, qualche donna, un paio di loro vistosamente incinte. Non ci sono vecchi. Sono i giovani che cercano un futuro diverso dal terrore e dalla fame. Sono quelle creature ancora non nate che già sognano una casa, una culla, e il canto della madre. Non importa dove. Purché in pace.

Un tenue rumore, sordo, nel nero orizzonte. La "nave" sta arrivando.

Sei arrivato, ragazzo, la tua prima meta. La stazione centrale di Palermo è un'altra cosa rispetto a quella del tuo paese. Ma, ancora, bagagli, viaggiatori, turisti, abbracci,

saluti. Hai un'ora di attesa, pensa a cosa fare. Scegli un
angolo sulle scale del sottopassaggio, volti le spalle al
muro, tiri fuori il panino e la birra in lattina, e questa è la
tua cena. Certo, tua madre sa fare molto meglio. A
quest'ora è la pastasciutta a centro tavola a farla da
padrona a casa tua. Sfiori con la mano il cellulare, nella
tasca del giubbotto di jeans. Vorresti chiamare la tua
famiglia, in un impeto di nostalgia, poi non lo fai. Dai, sei
un uomo, che ti prende? Come dice tuo padre, se sei
grande abbastanza per scoparti le ragazze senza metterti
nei guai, sei grande anche per affrontare le cose serie della
vita. E poi hai viaggiato ancora, non è la tua prima uscita.
Sei stato in vacanza mille volte, perfino on the road per
tutta l'Europa, con lo zaino sulla schiena, treno e
autostop, pochi soldi e la chitarra a tracolla. Sì, ma eri più
giovane, pensi. Era una vacanza, pensi. Andavi dove ti
piaceva, in genere lungo le coste, sempre cercando il
mare, consapevole di un rientro a breve. Al tuo paese, al
tuo mare che vinceva sempre il confronto, alla tua
personale isola che non c'è, che se non c'è non ci sono
nemmeno i problemi né i doveri. Peter Pan, torna fra noi.
Tuo padre ha dichiarato fallimento, te lo ricordi? Gli
usurai se lo sono divorato per colazione. Non può più
mantenerti come un poppante. E quando ha sentenziato
che un suo amico ti avrebbe riservato un posto nella sua
fabbrichetta di occhiali, lassù al Nord, a oltre 1200
chilometri da casa, non hai potuto opporti al suo piglio
severo e disperato di uomo distrutto.

Seconda stella a destra, lì è il Nord-Est, Peter Pan. E ti
sta aspettando.

*Ci hanno imbarcato. È stata un'impresa lunga e pericolosa. La
"nave" è piccola e chiaramente anziana. Lo senti nel gemito che le
sfugge ad ogni piccola onda, il rantolo di chi ha già troppo vissuto e
vorrebbe solo il meritato riposo.*

*Gli uomini dell'equipaggio ci hanno spinto lungo la passerella come
mio zio spingeva le pecore al pascolo. Noi non possiamo nemmeno*

belare, dobbiamo fare in silenzio, non richiamare l'attenzione. Se i militari ci scoprono addio partenza. A meno di non avere abbastanza soldi per corromperli. Ma a occhio e croce credo che qui nessuno sia così ricco. Quello che avevamo, l'investimento per il futuro, è tutto nel biglietto di sola andata per l'Italia.

Siamo tutti ammassati, stretti l'uno all'altro, nella stiva ma anche quassù all'aperto. Ogni angolo libero è stato occupato, a stento ci si può sedere. Cento, centocinquanta persone, su un peschereccio che di norma può contare solo venti uomini d'equipaggio. A dire il vero quest'ultimo, per l'occasione, dev'essere stato ridotto di almeno un quinto. Niente pesci da pescare: la preda è già a bordo.

C'è silenzio.

Io preferisco stare all'aria aperta. Le stelle mi faranno compagnia e mi indicheranno la strada. Il profumo del mare mi tiene sveglio, la sua canzone mi scalda il cuore. Partiamo. La "nave" salpa l'ancora e punta verso la speranza.

Sei ripartito, in tre ore sei a Messina, dove c'è l'imbarco. I vagoni passano sul traghetto. Operazione lunga, ti sembra. Ma forse solo perché è notte e nella notte ogni cosa acquista dimensioni diverse. Le ore si accorciano e si allungano senza regole. Affacciato al finestrino fissi lo sguardo fuori, ma oltre le luci artificiali della stazione non vedi niente. Non puoi salutare nemmeno gli ulivi, che all'improvviso senti come compagni d'infanzia che non puoi abbandonare. Ulivi secolari, deformati dal tempo, uno diverso dall'altro, che in natura due uguali non ce n'è, e per questo ricchi di fascino. Ma dai, cosa sono questi sentimentalismi? Quando tornerai gli ulivi saranno ancora là, sono secolari, no? Rimarranno verdi e contorti ancora a lungo. E poi perché non dovresti più tornare? Ti sembra un addio definitivo, questo, che non ti sai spiegare. E ti rammarichi anche di non essere partito in auto, almeno il commiato avrebbe potuto essere dolcemente più lungo. Ti saresti perfino goduto il viaggio e avresti fatto finta di essere padrone del tuo destino come della tua macchina. Ma quale macchina? La cabrio scintillante con cui facevi strage di femmine è stata pignorata. Serve, anche lei nella sua futilità, a pagare i debiti.

La traversata è brevissima. Villa S. Giovanni. Sei sul continente. Si riparte: destinazione Nord. Sempre Nord.

Non si sta poi male quassù. L'aria è fresca, umida, ma dolce nonostante la salsedine. Sa di pulito, di buono. La costa dell'Algeria non si vede più, ma anche prima s'intravedeva poco. Non è il mio paese, io vengo dal Mali, anche se ho vissuto in Niger e in Nigeria. In Algeria ci sono arrivato un po' per caso, un po' perché sentivo forte la spinta a partire. Dovevo prendere questa "nave" e ritrovare un porto sicuro.

Alcune donne, vicino a me, cullano i loro figli. Una ora canta, c'è chi sorride: denti bianchi nel buio, unica luce nella notte d'ebano. Gli uomini invece tacciono o pregano. Qualcuno dorme di già, sfinito. Questa carretta sembra farcela. Lentamente, grasso pachiderma del mare, si muove. La sua voce è un brontolio sordo, costante, e mille gemiti l'accompagnano. Ma si muove, satura di uomini, indolente, esausta sotto le stelle che indicano la rotta verso oriente. Penso a mio figlio, ha solo cinque anni. Anche lui starà dormendo con la mamma, e domani chiederà dov'è andato il suo papà, come mai non è lì con lui. Figlio, un giorno sarai fiero di colui che ti ha dato la vita. Quel giorno avrai compreso che lasciarti, ora, è per me il dolore più grande.

Cerca sempre l'orizzonte con gli occhi, figlio: tu non la puoi vedere, ma c'è una nuova terra per noi. La terra d'Africa rimarrà nei tuoi ricordi, vi ritornerai, se lo vorrai, ma da uomo ricco.

Ti risiedi nello scompartimento, scruti i tuoi compagni di viaggio. Due ragazze, un prete, una signora di mezza età. Le ragazze parlano tra loro, una ha l'accento del nord. Il prete dorme, la signora legge una rivista. Ti danno fastidio. Non hai potuto permetterti un vagone letto, né ti sei fidato dell'aereo. Devi sopportare.

Nella notte che corre solo qualche luce solitaria nelle campagne e in lontananza i paesi. Tutti, là fuori, dormono nel proprio letto. Tu sei costretto a ripiegarti in uno scomodo sedile, incazzato con l'universo intero e anche di più. E attendi, sveglio, un'alba indifferente che ti vedrà approdare in un mondo nuovo, non necessariamente migliore di quello che lasci.

Dopo un po' si spengono le luci. I tuoi compagni vogliono dormire, per quanto possibile. C'è ancora tanta strada da fare, tante ore vuote da riempire, mentre il lungo serpente meccanico fugge senza riprendere fiato, senza tregua. Senza concederti di voltarti indietro. Accanto a te la ragazza dall'accento settentrionale non ha pace. Si gira da una parte e dall'altra, sospira, poi si alza, chiede permesso ed esce dallo scompartimento. Passano i minuti, i quarti d'ora, una mezzora poi l'altra e chissà perché tu ti preoccupi. Esci anche tu, inquieto. Tanto, cos'altro ti resta da fare?

Un uomo all'incirca della mia età è seduto vicino a me. Tiene per mano una giovane donna il cui ventre gonfio non passa inosservato. È incinta, forse il suo tempo è vicino. È agitata, si alza, ma a stento si regge in piedi, sballottata dalle onde. Porta una mano alla pancia, si lamenta. Lui mi guarda e leggo nei suoi occhi la paura. Mi dice che sua moglie ha iniziato a sentire i dolori del travaglio, sono entrambi spaventati. È il loro primo figlio, ma sembra che stia arrivando un po' troppo presto rispetto al previsto. Contavano di riuscire ad arrivare in Italia e poi in Francia, dove il fratello di lui li sta aspettando con la prospettiva di un lavoro. Non doveva nascere oggi, quella creatura, non qui in mezzo al mare. Cerco di tranquillizzarli, il parto non sarà imminente. Mia moglie ci ha messo quasi un giorno e mezzo. La sua dovrebbe farcela a toccare terra, a trovare un ospedale. Ma a giudicare dai lamenti della donna e dal suo nervosismo, non credo che andrà così. E ho paura anch'io.

La ragazza è nel corridoio, da sola. Guarda dal finestrino, ma non sembra vedere nulla. E del resto è sempre così buio, là fuori. È un viaggio nelle tenebre, in un pozzo senza luce e senza uscita. Ti fa un sorriso e ti accorgi che è molto carina. Ha i lineamenti delicati, un mare di lentiggini e capelli lunghi e chiari. Gli occhi? Un tratto di mare blu, dove l'acqua è profonda e pulita. Le chiedi se si sente male, se ha un problema, se puoi fare qualcosa per lei. Proprio tu che di problemi potresti regalarne a iosa! Ma lei ti fa tenerezza, piccola e sola nello sfondo scuro della notte e vorresti aiutarla. Sembrava quasi che aspettasse un incoraggiamento, la ragazza, con una semplicità disarmante ti racconta tutto di sé. Ha la residenza in un piccolo paese delle Dolomiti, in montagna, e l'amore domiciliato in Sicilia. O almeno lo aveva. Credeva di averlo. Un ragazzo conosciuto all'estero, dove entrambi erano in vacanza. Una storia come tante. Un amore a distanza cui lei credeva, ma che era finito presto e senza preavviso. Per questo era venuta a cercarlo, per trovare le conferme che non doveva più illudersi, che doveva ricucirsi il cuore. Ora ritornava, umiliata e ferita, alle sue vette e alle sue vallate. E tu?, ti chiede. Senza volerlo, senza pensarci, tu ti ritrovi a sputtanarti con una sconosciuta. A mettere in piazza la tua umanità, che nessuno aveva ancora esplorato a fondo. Ti ritrovi a parlare di te, del tuo dolore nel lasciare l'Isola e il mare, nel vedere la sconfitta di tuo padre, nel constatare che razza di nullità sei stato finora, nella rassegnazione ad accettare un lavoro che sai già non ti piacerà. Parli con un'estranea della speranza di tornare che non sapevi di avere e che tuttavia, lo senti, lo speri, non ti abbandona. Stringi i pugni per non piangere davanti a lei, che ti ascolta, attenta.

Il mare s'ingrossa, qui si balla sempre di più. È già chiaro, ma non si vede ancora traccia di terraferma. Nuvole grigie, veloci, qualche goccia di pioggia, vento forte. La gente comincia a spaventarsi. La donna in travaglio urla nel vento il terrore e il proprio dolore. Diventa faticoso avanzare, rallentiamo. Quando mai arriveremo? Questa "nave" ansima a ogni ondata, si alza e si riabbassa minacciando ogni volta di suicidarsi, perché proprio non ce la fa più. Dov'è l'Italia? Quanto manca a destinazione?

133

L'equipaggio non dice nulla, si arrabbiano se solo provi a parlarci. Ho visto delle pistole nelle loro cinture, meglio tenerli buoni. Alzo gli occhi al cielo. I padri missionari mi hanno parlato del loro dio. Se c'è, dev'essere qui, vicino alle coste del suo paese. Se è vero che governa cielo e mare e regna in terra, come mi hanno spiegato, è il momento che si faccia vedere. Dio dei bianchi, Dio dell'Italia, aprici le porte di casa tua al più presto. Questa donna ha una creatura che non vuole più aspettare, vuole nascere a tutti i costi, vuole vivere, e tutta questa gente ha mogli, mariti, e padri e madri e figli. E soprattutto hanno speranza. Dio d'Italia, aiutaci.

L'alba è arrivata e ha lasciato il posto al giorno. Vi ha visti che ancora parlavate e non vi ha disturbato. I viaggiatori sono saliti, scesi, si sono rinnovati, i dialetti sono variati, i controllori si sono dati il cambio ormai molte volte. Sono mutati i paesaggi, le campagne, le città di questa Italia così lunga e così versatile da sembrare più di una. E tu hai sempre continuato a raccontarti alla ragazza. Le hai parlato del tuo fantastico mare, di come forse ti sarebbe piaciuto fare il pescatore piuttosto che partire. Di quanto ti mancherà quel senso di libertà assoluta. Ti mancheranno le maree, i pesci colorati, le nuotate con i delfini, i bagni in piena notte sotto una luna gigante. Ma lei ti ha parlato delle sue montagne, della sensazione d'infinito che si prova a tremila metri a un passo dal paradiso, e dello splendore immacolato della neve d'inverno e del verde abbagliante dei prati d'estate. Non ti ha convinto, ma ti ha incuriosito. Ti ha fatto vedere le cose da un'altra prospettiva. Dopo tutto c'è davvero un altro mondo. Forse è solo diverso, non peggiore del tuo.

Presto dovrete scendere e prendere l'ennesimo treno, lo stesso per entrambi. Curioso, fate la stessa strada. Vi sorridete, vi aiutate con il bagaglio. Risalite e proseguite il viaggio. Indifferenti alla gente intorno, che nel frattempo ha cambiato ancora una volta volti, colori e suoni.

Due donne stanno aiutando la partoriente. Ormai ci siamo. E tra le urla strazianti della madre, il rombo stanco di un motore quasi in avaria e il fischio del vento, tutti sentiamo distintamente il grido della vita. È una femmina. Una bambina che reclama selvaggiamente il proprio diritto a esistere. C'è ancora chi ha la forza di sorridere, qui intorno, e mani che si stringono, abbracci sempre più convulsi.

Mentre la donna stringe a sé la sua creatura, la gente ammassata a prua ondeggia, si muove, urla, mani si alzano a richiamo. Vedo i membri dell'equipaggio gettare qualcosa di lucente tra le onde: le pistole vanno a raggiungere i pesci. Meglio che farsele trovare addosso. Perché una nave militare ci sta raggiungendo. Militari italiani ci puntano addosso decisi. Siamo salvi. Ora penseranno loro a noi, a farci raggiungere la terraferma. Grazie, Dio dell'Italia.

Sei giunto nel Nord-Est. Con sorpresa non vedi fabbriche, non vedi smog o nebbia. La prima cosa che ti colpisce sono le montagne e l'aria pulita e un sole acceso. In stazione la solita confusione di viaggiatori, turisti, studenti, zaini, bagagli, mani che salutano, abbracci. Gente non diversa, non uguale a quella che conosci, che hai lasciato al paese. Solo persone. Come te.

La ragazza viene rapita dai suoi genitori, tu dall'amico di papà. Vi cercate con lo sguardo, impotenti. Tanto sapete che non vi perderete. Vi siete scambiati il numero dei cellulari e gli indirizzi. Tu fai un sospiro, sei stanco, il viaggio è stato lungo, ma finalmente realizzi. La terra promessa sembra essere qui. La tua vita, almeno per ora, sarà qui. Non ti resta che affrontarla. C'è sempre tempo per tornare, non è stato un addio. E, ne sei sicuro, non tornerai al tuo mare da solo.

Tocchiamo terra stremati. Ci accolgono come avevo immaginato. Coperte, bevande calde, medici e ambulanze per chi sta male e per la donna con la sua bambina. Sappiamo già che la piccola si chiamerà Italia. Ed è Italia, questa, mi hanno detto che è la costa occidentale della sua isola maggiore, la Sicilia. Il sole è alto e buono, ora, ha

135

sconfitto la pioggia, il vento ci ha sospinto a riva e ha ridipinto il cielo di blu. È un buon presagio. Sono arrivato alla terra che mi è stata promessa, dove potrò dimostrare il mio valore. Potrò fare il pescatore o il contadino o qualsiasi altra cosa se me lo concederanno. Io credo di sì. È gente buona qui, lo vedo. Diventerà la mia gente. Quando avrò una casa andrò a prendere la mia famiglia, il mio bambino crescerà qui. Poi, chissà, c'è sempre tempo per tornare.

Indice

TELA DI RAGNO   5

L'UCRAINA   31

IL POSTINO CHE SOMIGLIAVA A RAOUL BOVA   42

RENZO, LUCIA E IL PERDONO   54

STAGIONI   62

UN MANISCALCO A "LA FIORITA"   68

VINO NUOVO A SAN MARTINO   78

MEG   88

SANSONE CORE DE ROMA   96

NANNI E IL TORO   105

CUORI SENZA FRONTIERE   112

ORO   118

PARTENZE E SPERANZE   125